हिन्द पॉकेट बुक्स

प्रभावशाली व्यक्तित्व

स्वेट मार्डेन प्रख्यात अमेरिकी लेखक थे। इन्होंने जीवन में सफलता प्राप्त कैसे करें इस बारे में कई किताबें लिखी हैं। इनका जन्म 11 जून 1848, को न्यू हैम्पशायर, संयुक्त राज्य अमेरिका में हुआ और मृत्यु 10 मार्च 1924, को लॉस एंजिल्स, कैलीफोर्निया में हुई। इनकी पुस्तकें सारी दुनिया में बेहद लोकप्रिय हैं।

प्रभावशाली व्यक्तित्व

अगर आपका व्यक्तित्व प्रभावशाली है तो आप जीवन में आसानी से सफलता प्राप्त कर सकेंगे

स्वेट मार्डेन

अनुवादिका
मोहिनी राव

हिन्द पॉकेट बुक्स
पेंगुइन रैंडम हाउस इम्प्रिंट

हिन्द पॉकेट बुक्स

यूएसए | कनाडा | यूके | आयरलैंड | ऑस्ट्रेलिया | सिंगापुर
न्यू ज़ीलैंड | भारत | दक्षिण अफ्रीका | चीन

हिन्द पॉकेट बुक्स, पेंगुइन रैंडम हाउस ग्रुप ऑफ़ कम्पनीज़ का हिस्सा है,
जिसका पता global.penguinrandomhouse.com पर मिलेगा

पेंगुइन रैंडम हाउस इंडिया प्रा. लि.,
चौथी मंजिल, कैपिटल टावर -1, एम जी रोड,
गुड़गांव 122 002, हरियाणा, भारत

पेंगुइन
रैंडम हाउस
इंडिया

प्रथम हिन्दी संस्करण हिन्द पॉकेट बुक्स द्वारा 1972 में प्रकाशित
यह हिन्दी संस्करण हिन्द पॉकेट बुक्स में पेंगुइन रैंडम हाउस द्वारा 2022 में प्रकाशित

10 9 8 7 6 5 4 3 2

इस पुस्तक में व्यक्त विचार लेखक के अपने हैं, जिनका यथासंभव तथ्यात्मक सत्यापन किया गया है, और इस संबंध में प्रकाशक एवं सहयोगी प्रकाशक किसी भी रूप में उत्तरदायी नहीं हैं।

ISBN 9789353494315

मुद्रकः रेप्रो इंडिया लिमिटेड

www.penguin.co.in

MIX
Paper from responsible sources
FSC
www.fsc.org
FSC® C047271

This is a legitimate digitally printed version of the book and therefore might not have certain extra finishing on the cover.

क्रम

1. स्वरूप का प्रभाव

हम एक आश्चर्यजनक इकाई के हिस्से हैं और अपनी अच्छाइयों, अपने ज्यादा से ज्यादा आकर्षण यानी अपने को पहचानना हमारा प्रथम कर्तव्य है।

—**कॉलरिज**

एक बहुत बड़े और सफल व्यापारी का कहना है कि "जो व्यक्ति मेरे सामने कोई व्यापार-सम्बन्धी प्रस्ताव लेकर आए उसके लिए यह आवश्यक है कि उसका पहनावा ढंग का हो; शक्ल-सूरत, बातचीत करने का ढंग आकर्षक और सभ्यतापूर्ण हो। उसमें यदि ये बातें नहीं हुई तो मैं उसकी बात भी नहीं सुन सकता। उसका प्रस्ताव चाहे जितना अच्छा और लाभपूर्ण हो, यदि उसका स्वरूप आकर्षक न हो, यदि उसकी मुद्रा प्रसन्न न हो तो उसको अपना प्रस्ताव करने का मौका भी नहीं मिल पाएगा। इसका कारण साफ भी है और स्वाभाविक भी। इतने ज्यादा लोग मेरे पास तरह-तरह के प्रस्ताव और योजनाएं लेकर आते हैं कि उनमें से आधे लोगों की बातों को सुनना भी सम्भव नहीं है। इस कारण इनमें से अधिकांश प्रस्तावों को अस्वीकार कर देना पड़ता है और जिन प्रस्तावों को लाने वालों का न तो ठौर-ठिकाना ही उत्सुकता जगाने वाला होता है और न बातचीत करने का ढंग

ही तमीज़दार और आकर्षक होता है, उनकी बातें तो सुने बिना ही अस्वीकार कर देता हूं। मैं यह मानकर चलता हूं कि प्रथम कोटि का प्रस्ताव लाने वाला व्यक्ति भी उसी ऊंची कोटि का होगा, और घटिया व्यक्ति घटिया प्रस्ताव लेकर हो आएगा।"

आप शायद इसका अन्दाज़ा नहीं लगा सकते कि आपके स्वरूप का प्रभाव आपके भविष्य पर कहां तक पड़ सकता है। यदि आपका स्वरूप आकर्षक है, आप शिष्ट और भद्र हैं, तो आप बड़ी जल्दी प्रगति करेंगे। यदि आपमें इन बातों की कमी है तो वह एक बहुत बड़ा अभाव सिद्ध होगा और शायद आप इस कमी की वजह से आगे बढ़ ही नहीं पाएंगे। आकर्षक, अच्छा दीखने वाला व्यक्ति हर जगह फायदे में रहता है। नौकरी पाने में, उसे बनाए रखने में, तरक्की पाने में, इससे बड़ी मदद मिलती है इससे आत्मसम्मान और आत्मविश्वास बना रहता है।

बड़ी व्यापारिक संस्थाओं का तो यह नियम-सा बन गया है कि वे किसी भी अस्वस्थ और भद्दे दीखने वाले या किसी ऐसे व्यक्ति को, जो उम्मीदवारी के लिए आते समय अच्छा, साफ, प्रसन्न और चुस्त न दीखता हो, काम ही नहीं देतीं।

शिकागो की एक बहुत बड़ी दूकान के लिए विक्रेताओं को चुनने वाले एक आदमी का कहना है कि "यों अर्जी भेजने का नियम तो सभी उम्मीदवारों पर लाग होता है। उम्मीदवार

को मौका दिया जाएगा या नहीं, यह उसके स्वरूप पर निर्भर है !"

कपड़े का साफ और दुरुस्त होना, शारीरिक सफाई और उम्मीदवार का बातचीत करने का ढंग, उसका सलीका—यही चीज़ें हैं जिनकी ओर ध्यान जाता है। यदि उसके कपड़ों पर शिकन पड़ी हो, कोट पर ब्रुश न फेरा गया हो, जूते मैले हों, टाई फटी हो, हाथ गन्दे हों, बाल बिखरे हुए हों, तो नियोक्ता का मन पहले ही भड़क जाता है, और वह देखने की कोशिश ही नहीं करता कि उसके इस बाहरी रूप के नीचे कुछ गुण भी हैं या नहीं। बात यह है कि वह ठहरा व्यस्त आदमी, उसके पास हरएक की छानबीन करने की फुर्सत कहां है ! वह तो बस इतना जानता है कि यदि उस नौजवान में किसी व्यापारिक और व्यावहारिक बुद्धि वाले व्यक्ति के गुण हैं तो वह हमेशा चुस्त-दुरुस्त रहेगा।

यदि उम्मीदवार कोई लड़की हुई तो उसको भी उन्हीं सिद्धान्तों के आधार पर आंका जाता है। नौकरी की उम्मीदवारी के लिए जाते समय यदि उसकी साड़ी का किनारा फटकर नीचे लटक रहा हो, ब्लाउज़ पीठ पर फटा हो, साड़ी में शिकन पड़ी हो, जूते का बटन टूटा हो, या टूटी चप्पल को पिन से अटकाया गया हो, कोट का कालर गन्दा हो, बाल रूखे और गन्दे हों, नाखून बड़े-बड़े और भद्दे हों, यानी उसकी

वेशभूषा में आलस्य और लापरवाही झलकती हो, तो उसको वह जगह कदापि नहीं मिल सकती।

एक अमूल्य सम्पत्ति

एक प्रमुख पश्चिमी व्यापारी का कहना है कि "व्यापार के क्षेत्र में प्रवेश करने वाले नौजवानों के लिए और उनके लिए जो इस क्षेत्र में सफल नहीं हो पाए, यह हितकर होगा कि वे अनुभवी और सफल लोगों की इस राय की ओर ध्यान दें कि आकर्षक, हंसमुख व्यक्तित्व एक अमूल्य धन ही नहीं, बल्कि शक्ति और सफलता के आकांक्षियों के लिए बिलकुल अनिवार्य है। ऐसे हजारों युवा लोग हैं जो बड़ी-बड़ी दूकानों में 'सेल्समैन' की जगह के लिए आवेदन-पत्र भेजते हैं, और चूने न जाने पर हताश होकर लौट जाते हैं। पर उन्होंने शायद यह पता लगाने की कोशिश कभी नहीं की कि ऐसा क्यों हुआ। हो सकता है, वे उस काम के लिए उपयुक्त हों, पर उनके व्यवहार के ढीलेपन या कपड़ों के भद्दे होने के कारण उनका अच्छा प्रभाव न पड़ा हो और इस कारण अपनी योग्यता दिखाने का सुनहरा मौका उनके हाथों से निकल गया हो। यदि उन्होंने पहले ही इस बात पर ध्यान दिया होता कि नये-अपरिचित लोग वेशभूषा और चेहरे-मोहरे से ही

उनके बारे में धारणा बनाएंगे, तो शायद उन्होंने इसकी ओर अधिक ध्यान दिया होता, और कभी-कभी सच्चा हीरा जो काटा और चमकाया न गया हो, आंखों पर नहीं चढ़ता और चमकाया हुआ नकली हीरा, जो ख़ूबसूरती से जड़ा गया हो, हमें ज्यादा आकर्षित कर लेता है। हो सकता है, जो लोग इण्टरव्यू आदि में सफल हो जाते हैं उनकी योग्यता आपसे बहुत कम हो, पर उनमें दुनियादारी अवश्य है, और सामान्य बुद्धि भी निश्चय ही अधिक है। तभी तो उन्होंने उन बाहरी बातों पर ध्यान दिया, जिनका पहली भेट में अधिक प्रभाव पड़ता है। वास्तविक गुणों और योग्यता का पता तो बाद में ही चलता है।

पहली धारणा

नदी के स्रोत में पड़े हुए छोटे-छोटे पत्थर उसका मार्ग बदल सकते हैं। छोटी-छोटी अनावश्यक लगने वाली बातें ही कभी-कभी किस्मत को बना या बिगाड़ सकती हैं। मैला कालर, मैले जूते, बढ़े हुए नाखून लगते तो बहुत मामूली-छोटी चीज़ें हैं, पर हो सकता है कि इनकी वजह से कोई युवक-युवती जिन्हें सफलता की सीढ़ी पर चढ़ना चाहिए था, एकदम नीचे ही आ रहे। उनको स्वप्न में भी खयाल न हुआ होगा कि

उनकी वेशभूषा के कारण ही उन्हें अयोग्य मान लिया गया। शायद उन्हें कभी किसीने यह बताया भी नहीं कि साफ-सुथरे और दुरुस्त रहने का असर दूसरों पर कितना पड़ता है। शायद इस युवक को यह नहीं बताया गया कि नौकरी की उम्मीदवारी के लिए यदि वह गन्दे कपड़े पहनकर गया या इण्टरव्यू के समय अधजले सिगरेट के टुकड़े को अंगुलियों में दबाए रहा, तो उसको सफलता नहीं मिलेगी। नियोक्ता को इससे कोई मतलब नहीं कि आपको किसीने यह सब कुछ सिखाया था या नहीं, या आपकी योग्यता कितनी है, आपमें कितने गुण छिपे पड़े हैं। वह तो आपका मूल्य उसीसे आंकेगा जो ज़ाहिर है, यानी आपकी पोशाक से, शक्ल-सूरत से, बात-चीत के ढंग से, शिष्टाचार से। ऐसे कितने ही लोग हैं जो बार-बार असफल होने के कारण यही समझ बैठे कि वे काम के अयोग्य थे। उनका आत्मविश्वास खो गया, बार-बार किस्मत आज़माने का साहस नहीं रहा और ज़िन्दगी से हार बैठे।

न तो कोई सामाजिक शास्त्र का पंडित ही इस बात का पता लगा सकेगा और न कोई आंकड़ा-विशेषज्ञ कि बेकारों की बड़ी सेना का कितना भाग, गन्दी गलियों में रहने वाले कितने लोग, समाज के कितने भिखारी और अपराधी, गुंडे और आवारा आज इस दर्दनाक गढ़े में इसीलिए गिरे हैं, क्योंकि उन्होंने इसकी कभी चिन्ता नहीं की कि वे देखने में कैसे लगते हैं, दूसरों पर उनका

प्रभाव कैसा पड़ता है। इसी गलती के कारण आज वे सफलता की चोटी पर होने के बजाय निराशा और क्षोभ के अंधेरे कूप में पड़े हैं।

प्रतियोगिता के इस युग में, जिसमें ज़िन्दा रहने के लिए कठिन कशमकश है, इन छोटी-छोटी बातों की उपेक्षा नहीं की जा सकती। शिष्टाचार, वेशभूषा या व्यक्तित्व की छोटी से छोटी बात भी सफलता की सम्भावना बढ़ा सकती है। इस प्रतियोगिता के युग में ऐसे सजग व्यक्ति ही विजयी होते हैं।

2. आकर्षक दीखने के लिए क्या आवश्यक है?

जो व्यक्ति देखने में साफ-सुथरा होता है, वह अपने आचार-व्यवहार में भी साफ होता है।

—एच० डब्ल्यू० शॉ

प्रकृति अपने कुशल हाथों से मनुष्य को पैदा करती है, और धन और पद जैसी मामूली चीज़ों पर व्यंग्य से हंसती है। वह बड़ी सावधानी से एक आत्मा को, जो आधी मानवीय है और आधी दैवी, गढ़ती है; और फिर अपार खुशी से चिल्ला पड़ती है; 'इस तरह का व्यक्ति मेरे सिवा और कौन निर्मित कर सकता है!'

—एलिजा कुक

कई लोग ऐसे भी होते हैं जो कपड़े तो बहुत साफ-सुथरे और अच्छे पहनते हैं, पर उनके दांत पीले या पान की लाली से रंगे हुए होंगे, जूतों पर धूल चढ़ी होगी, या नाखूनों में मैल भरा होगा। इसके विपरीत ऐसे लोग भी आपने देखे होंगे जो शरीर की सफाई की ओर तो पूरा ध्यान देते हैं, पर गन्दा कालर, कमीज़ की फटी हुई बांह या विचित्र काट को ढीली-ढाली या बहुत तंग पोशाक उनके सारे किए-कराए पर पानी फेर देती है। यह भी हो सकता है कि उनके कपड़े, जूते आदि निर्दोष हों, शरीर भी साफ-सुथरा हो, पर शिष्टाचार के अभाव के कारण उनका सिक्का नहीं जम पाता। उनके भोंड़ेपन से या अशिष्ट व्यवहार से लोग बिचक जाते हैं। एक चौथी तरह के लोग भी होते हैं जिनमें ये सभी बातें होती हैं, पर जो किसोकी आंखों में आंखें डालकर बात नहीं करते, जो बातचीत करते समय इधर-उधर देखते रहते हैं मानो नज़र छिपाना चाहते हों और इसका असर भी अच्छा नहीं पड़ता।

आप शायद कहेंगे कि यह सब तो ठीक है, पर इन सबके लिए पूंजी की आवश्यकता होती है। बिना पैसे के यह ठाठ-बाट कहां सम्भव है ! पर सच मानिए, कोई भी व्यक्ति इतना गरीब नहीं हो सकता कि वह साफ-सुथरा न रह सके या ढंग के कपड़े न पहन सके। सस्ते कपड़े भी ढंग से पहने जा सकते हैं। अच्छे-मधुर स्वरूप या व्यवहार के लिए धन की आवश्यकता नहीं होती। मैंने ऐसी अनेक स्त्रियों को देखा है जो कीमती कपड़ों और जेवरों से इस प्रकार लदी रहती हैं कि उन्हें देखकर हंसी आती है। उनकी तुलना में अच्छी सिली हुई, सस्ती, पर सुरुचिपूर्ण वस्त्र पहनने वाली स्त्री कहीं अधिक आकर्षक लगती है। साधारण, सूती, छपी हुई साड़ी और अच्छा सिला हुआ ब्लाउज़, महंगी और भद्दे ढंग से बांधी हुई बनारसी साड़ी की अपेक्षा कहीं अधिक मोहक लगती है।

भद्देपन की कीमत

'मेन' नामक पत्रिका में एक बार लिखा गया था कि एक युवक किसी दुकान में 'एकाउंटेंट' की जगह के लिए सिफारिशी खत लेकर पहुंचा। उसका पहनावा और शक्लसूरत ऐसी थी कि सिफारिशी खत रद्द हो गया। उसकी उम्र तो केवल पचीस वर्ष की थी, पर उसके कन्धे झुके हुए थे, अटक-अटककर बोलता था,

आंखें अस्थिर थीं। कपड़े गन्दे थे, नाखून मैले थे और कोट पर धूल जमी थी। जिस व्यापारी में आत्मसम्मान का भाव होता है वह ऐसे व्यक्ति को रखना पसन्द नहीं कर सकता है। गरीबी का बहाना नहीं बनाया जा सकता, क्योंकि इन दोषों को दूर करने के लिए पैसे खर्च नहीं होते। इस नवयुवक को धक्के खाने पड़ेंगे, और वह अपनी सफलता के लिए अपने फूहड़पन को नहीं, दोस्तों को और अपनी किस्मत को दोष देगा।

एक बार एक नवयुवक ने, जिसने व्यापारिक क्षेत्र में बिना किसीकी सहायता के ही बहुत उन्नति की है, मुझसे कहा कि व्यापार के सिलसिले में उसके जो अनुभव हुए हैं, उनके आधार पर उसका दृढ़ विश्वास बन गया है कि नवयुवकों की सफलता के मार्ग में सबसे बड़ा बाधक है उनका बेढंगापन, सफाई की कमी,अपनी वेशभूषा के प्रति उनकी लापरवाही, स्वरूप को आकर्षक बनाने के प्रति उनकी उदासीनता। उसका कहना है कि उसकी जान-पहचान के कुछ लोगों ने बड़ी मेहनत और चतुराई से कुछ महान व्यक्तियों से भेंट करने का मौका तलाश किया। पर जब वह सुनहरा मौका आया तो उन्होंने अपने अनाकर्षक रूप और फूहड़ व्यवहार से सब किए-कराए पर पानी फेर दिया। इसका एकमात्र कारण था—पिचका, बदशक्ल हैट, सिकुड़े-सिकुड़ाए कपड़े, फटी हुई एड़ियां और बिखरे हुए बाल।

छोटी बातों का महत्त्व

मुझे मालूम है, आप ज़ोर देकर कहेंगे—अरे ये तो छोटी बातें हैं। भला इनसे भी किसी आदमी का मूल्य आंका जाता है ? बाहरी दोष चाहे इससे भी बढ़-चढ़कर हों, उनके भीतर के असली व्यक्ति को पहचानना चाहिए। बिलकुल सच है; पर यह भी सच है, साधारण लोग इन्हीं बाहरी बातों से एक-दूसरे को तोलते हैं। जैसा होता है उसीसे हमारा वास्ता है, जैसा होना चाहिए उससे नहीं।

एक बार एक प्रतिष्ठित व्यक्ति को किसी अपराध के सम्बन्ध में पकड़ा गया। वह रात-भर हवालात में बन्द रहा। दूसरे दिन उसने अपने वकील को बुलाकर अपना किस्सा सुनाया। सब कुछ सुनकर वकील साहब ने आवेश में आकर कहा, "वाह, इस बात पर तुम्हें इन लोगों ने जेल में कैसे ठूंस दिया ?"

उस व्यक्ति ने शुष्कता से कहा, "कैसे रख दिया और क्यों रख दिया, यह ठीक है। पर सत्य तो यही है कि मैं इस समय जेल में हूं!" इसलिए यह कहना कि ऊपरी दिखावे की बातें मूर्खतापूर्ण हैं या सारहीन हैं, या यह कहना कि किसी आदमी के गले में पड़ी हुई टाई को देखकर उसके चरित्र को भांपने की चेष्टा करना सरासर अन्याय है, बेकार का प्रलाप है। हमें वास्तविकता को ही देखना चाहिए और उसीके अनुसार अपने जीवन को ढालना चाहिए।

जिस नवयुवक की बात ऊपर कही गई है, उसकी सफलता का बहुत कुछ श्रेय उसके पहनने-ओढ़ने और बातचीत करने के ढंग को है। आप उससे चाहे जब मिलिए, चाहे जहां मिलिए, लगता यही है मानो वह अभी किसी विशिष्ट व्यक्ति से मिलने जा रहा हो।

कपड़ों आदि की छोटी से छोटी बात की ओर भी उसका पूरा ध्यान रहता है। बारिश के दिनों में वह यह नहीं सोचता कि चलो, कीचड़-पानी में जूतों पर पालिश कौन करे ! इस समय भला मेरे कपड़ों की ओर किसीकी निगाह जाएगी! रोज नहाने, कपड़े पहनने आदि के क्रम में न तो मौसम ही कोई बाधा डाल सकता है और न उसका अपना 'मूड'। बेढंगेपन से कपड़े पहनकर वह बाहर निकल ही नहीं सकता। बाहर निकलना तो दूर, वह घर में भी नहीं रह सकता। यह आदत उसकी प्रकृति का एक अंग बन गई है। उसको चिन्ता इस बात की नहीं है कि दूसरे लोग क्या कहेंगे। साफ-सुथरा रहना वह अपनी खुशी के लिए करता है। इससे उसका आत्मसम्मान बढ़ता है, आत्मविश्वास बढ़ता है। वह यह भी भली भांति जानता है कि अक्सर ऐसा संयोग हो जाता है कि जिस दिन कपड़ों की ओर से लापरवाही की, उसी दिन किसी ऐसे महत्त्वपूर्ण व्यक्ति से भेंट हो जाती है जिसपर अच्छा प्रभाव डालने के लिए वह हमेशा से ही उत्सुक था। बस, एक दिन की लापरवाही ने सारा गुड़ गोबर कर दिया।

कई लोगों का यह खयाल होता है कि कपड़े-लत्ते की ज्यादा परवाह तो वे लोग करते हैं जिनमें आत्मविश्वास की कमी होती है, जिनमें स्वतन्त्र विचार या दृढ़ व्यक्तित्व नहीं होता। उनका कहना है कि इन अनावश्यक बातों पर समय बर्बाद करना मूर्खता है, जबकि इतने और आवश्यक काम होते हैं। कपड़ों, शारीरिक और छोटी-मोटी बातों की ओर अत्यधिक ध्यान देने वालों को ये लोग सनकी समझते हैं।

पर सार्वजनिक अधिकारियों और अन्य सफल व्यक्तियों से पूछिए तो वे आपको दूसरी ही कहानी सुनाएंगे। न्यूयार्क, न्यूहेवन या हार्टफोर्ड जैसे विशाल नगरों की रेल रोड कम्पनियों के अधिकारी इस बात पर ज़ोर देते हैं कि उनके कर्मचारी अपनी वर्दियां साफ रखें और ढंग से उन्हें पहनें दाढ़ी-मूंछ न रखें, और उनके जूते सदा चमचमाते हों। इसी प्रकार न्यूयार्क के बन्दरगाह के सर्वेक्षण अधिकारी का यह आदेश है कि उसके कर्मचारी ड्यूटी पर रहते समय चुस्त और साफ-सुथरे रहें। मैसाचुसेट्स के शिक्षा-बोर्ड ने भी अपने अध्यापकों को दाढ़ी-मूंछ मुड़ा रखने का आदेश दिया है। सड़क की सफाई करने वालों में तो मानो एक क्रान्ति हो गई जब उनके अधिकारी ने जमादारों के लिए वर्दियां बनवाईं, उन्हें साफ रहने का आदेश दिया, और उन्हें समझाया कि उनका काम कितना महत्त्वपूर्ण है। इससे उनका आत्मसम्मान बढ़ा, कार्यकुशलता बढ़ी और

अपने काम के प्रति आदर उत्पन्न होने के कारण काम में उनकी दिलचस्पी बढ़ी। फटेहाल, आलसी और बेकारों की टोली के स्थान पर साफ-सुथरे, चुस्त और काम में मुस्तैद लोगों के रूप में उनका कायाकल्प हो गया और इसका परिणाम भी वही हुआ जो होना था। उनके काम में इतनी उन्नति हुई कि थोड़े ही दिनों में न्यूयार्क संसार का एक बहुत शानदार और साफ-सुथरा नगर बन गया।

बड़े औद्योगिक और व्यापारिक केन्द्र यह अनुभव करने लगे हैं कि कपड़ों का और व्यक्तिगत सफाई आदि का कितना महत्त्व है। वे यह भी खूब समझते हैं कि इसका प्रभाव चरित्र, शरीर व मन, कार्यकुशलता और आत्मसम्मान पर कितना गहरा पड़ता है।

3. स्वच्छता और चरित्र

शरीर की शुद्धता से मस्तिष्क को एक प्रकार की अनजानी सहायता हमेशा मिलती रहती है।

—**टॉमसन**

हमें प्रयत्न करना चाहिए कि मानसिक मिठास का प्रभाव हमारे शरीर, वस्त्र और निवास पर अवश्य पड़े।

—**हरबर्ट**

हमारी आत्म-अभिव्यक्ति का पहला माध्यम हमारा शरीर है, और दूसरे लोग हमारे बाहरी रूप से ही अनुमान लगाते हैं कि हमारा भीतरी रूप कैसा होगा। यदि किसीका बाह्य रूप गन्दा या घिनौना हो तो हम यही समझ बैठते हैं कि उसका मन भी उसके अनुरूप ही होगा। उच्च आदर्श और स्वस्थ ज़ीवन का रहन-सहन के निम्न स्तर से मेल नहीं बैठता। जो नवयुवक नित्य-स्नान की ओर से उदासीन है, उससे यह कैसे आशा की जा सकती है कि वह अपनी मानसिक स्वच्छता की ओर ध्यान देता होगा! जो युवती अपने कपड़ों आदि की ओर से लापरवाह है वह कैसे आकर्षक हो सकती है !

ईश्वर के बाद स्वच्छता का स्थान है, बल्कि यह कहना भी अतिशयोक्ति न होगी कि परम स्वच्छता ईश्वर के समकक्ष है। आत्मिक और शारीरिक शुद्धि ही मनुष्य को मनुष्य बनाती है। उसके बिना तो वह पशु के समान हो जाता है।

स्वच्छ और स्वस्थ शरीर तथा स्वच्छ मन में गहरा और निकट सम्बन्ध है। जिसमें एक की कमी है, उसमें दूसरे का अभाव स्वाभाविक है। अक्सर आत्मिक पतन का आरम्भ शरीर के प्रति उदासीनता से होता है। जो व्यक्ति किसी कारणवश जीवन के प्रति निरुत्साहित हो जाता है, और अपने में दिलचस्पी लेना छोड़ देता है, वह शीघ्र ही अपने व्यवसाय, मित्रों, शिष्टाचार और अपने चरित्र के प्रति भी उदासीन हो जाएगा।

अच्छे उद्देश्यपूर्ण और सफल जीवन की साधना के लिए सबसे उपयोगी यही है कि प्रारम्भ से ही स्वास्थ्य के सभी नियमों का पालन किया जाए। स्वास्थ्य की सबसे पहली आवश्यकता है सचाई। गन्दगी उसकी शत्रु है। सबसे गन्दी बीमारियों का कारण भी शारीरिक गन्दगी है।

सैनिक प्रशिक्षण

हमारे देश की प्रतिष्ठा और गौरव के संरक्षकों को प्रशिक्षण देते समय किन बातों पर जोर दिया जाता है ? व्यक्तिगत स्वच्छता पर। अमेरिका के सैनिक प्रशिक्षण केन्द्र वेस्ट पाइंट अकादमी में इस नियम का पालन इतनी सख्ती से किया जाता है कि किसीको स्वच्छता में ज़रा भी कमी हो तो वह उसकी अयोग्यता मानी जाती है। 'अयोग्यता का मार्क' छोटी बात

नहीं है। यदि छः मास में सौ ऐसे मार्क मिलें तो नौकरी से हाथ धोना पड़ता है।

प्रोफेसर हाल्डेन ने इस अकादमी के बारे में लिखा है:

“ड्रिल के समय एक बटन का भी खुला रहना, परेड के समय जूतों पर चमक न होना, बन्दूक पर पालिश न करना आदि ऐसी ही अन्य सैकड़ों छोटी-छोटी बातें अधिकारियों के ठीक आचरण के अंश नहीं हैं। एक भी कमी रह गई तो उसे अयोग्यता का मार्क दे दिया जाता है। सौ अयोग्यताओं के मार्क अगर किसीको मिलें तो उसका अंत समझ लीजिए। ये बातें छात्रों को बता दी जाती हैं। नियम कठिन नहीं होते और न्यायसंगत भी होते हैं। अनुभव की कमी को कुछ हद तक क्षमा किया जाता है। और नियमों के उल्लंघन का कारण यदि उचित हो, तो उसे स्वीकार तक किया जाता है। पर अन्तिम परिणाम गुरुत्वाकर्षण शक्ति की भांति होता है, अनिवार्य अक्षम्य, न्यायपूर्ण और तात्कालिक।”

व्यापारिक संसार और उन्नति तथा प्रगति के क्षेत्रों में, इस विषय में अलिखित नियम हैं। ये नियम भी उतने ही कठोर हैं, और उनका प्रभाव भी दूर तक पड़ता है जितना वेस्ट पाइंट अकादमी के नियमों का, या सामाजिक नेतृत्व के लिए युवक लोगों को प्रशिक्षित करने वाली किसी भी संस्था का।

और यह ठीक भी है। यह केवल दैवी नियम का पालन है। प्रकृति ने हमारा निर्माण इस प्रकार किया है कि हमारे शरीर को पूर्ण रूप से विकसित होने में पचास वर्ष लग जाते हैं। हम प्रकृति की रचनात्मक प्रेरणा की सबसे उच्च अभिव्यक्ति हैं। इसी कारण यह हमारा कर्तव्य है कि हम अपने-आपको अधिक से अधिक साफ और आकर्षक बनाए रखें।

स्वच्छता के नियमों के लिए अपनी भलाई का उतना ही बड़ा स्थान है जितना सौन्दर्य-बोध और नैतिकता का। हम रोज़ ही देखते हैं कि इन नियमों का उल्लंघन करने वालों को उसका नतीजा भगतना पड़ता है। मैं ऐसे कितने ही स्टेनोग्राफरों के नाम गिना सकता हूं जिन्हें काम में कुशल होते हुए भी अपनी रोज़ी खोनी पड़ी। इसका कारण केवल यही था कि उन्होंने अपने हाथों और नाखूनों को साफ रखने का कष्ट कभी नहीं उठाया। एक प्रमुख प्रकाशन-गृह के एक होशियार और ईमानदार कर्मचारी को नौकरी से हटना पड़ा, क्योंकि न तो वह दाढ़ी बनाता था और न दांत साफ रखता था।

मैंने एक महिला को यह कहते हुए सुना कि वह एक दिन रिबन खरीदने के लिए किसी दूकान पर गई। जो लड़की उसे रिबन दिखा रही थी उसके हाथ इतने मैले चीकट थे कि उसने

दूसरी दूकान में जाकर रिबन खरीदे। उसने कहा, “नाज़ुक फीते गन्दे हाथों में पड़कर अवश्य ही अपना रंग-रूप खो देते होंगे।” कुछ ही दिनों में उस दूकान के मालिक को पता चल जाएगा कि वह लड़की दूकान की बिक्री बढ़ाने में बाधक हो रही है, और इसका नतीजा क्या होगा?

स्नान, हाथों की देखभाल, बाल और दांत

अच्छा दीखने के लिए नियमपूर्वक स्नान करना आवश्यक है। नित्य-स्नान से त्वचा निखरती है। उसके बाद बालों, हाथों और दांतों की देखभाल ज़रूरी है। इसके लिए ज़रा अधिक समय और साबुन-पानी के उपयोग की आवश्यकता है। बालों पर रोज़ ब्रश फेरना चाहिए और कंघी करनी चाहिए।

नाखूनों की देखभाल प्रतिदिन कीजिए। नाखूनों की रेती और ब्रश खरीद लीजिए, इससे आपको सहायता मिलेगी।

एक अनुभवी डाक्टर का कहना है :

“दांतों की देखभाल और स्वास्थ्य के नियम हरेक बच्चे को स्कूल में ही सिखाने चाहिए। इसका उतना ही महत्त्व है जितना पढ़ाई का। दांतों को स्वस्थ रखना सरल है। फिर भी अधिकतर लोग सफाई के इसी नियम को सबसे अधिक तोड़ते हैं। मैंने ऐसे अनेक युवा लोगों को देखा है जिन्हें अपनी सूरत-शक्ल

पर गर्व है, पर अपने दांतों की परवाह वे बिलकुल नहीं करते। वे शायद यह नहीं जानते कि गन्दे दांत किसीके चेहरे का सबसे बड़ा कलंक है।”

आप और हम यह बखूबी जानते हैं कि हम ऐसे व्यक्ति से दूर रहने की कोशिश करते हैं जिसके मुंह से दुर्गन्ध आती हो। ऐसे व्यक्ति के साथ बैठने से ही जी मिचलाता है। भला कौन दूकान-मालिक ऐसे कर्मचारी को अपने पास रखना पसन्द करेगा, जो सारे वातावरण को ही दूषित कर दे !

आप चाहे अमीर हों या गरीब, दांतों की उपेक्षा नहीं कर सकते। यदि आरम्भ से हो आप अपने दांतों का ठीक ध्यान रखें तो बाद में बहुत कष्ट और व्यय से बच जाएंगे। हर बार भोजन करने के बाद ब्रश करें, पर हां, मसूड़ों को चोट न पहुंचने पाए। कभी-कभी बारीक पिसे हुए नमक से मंजन करना लाभदायक होगा। यदि सब्ज़ी या अन्न का टुकड़ा दांतों के बीच में फंस गया हो और ब्रश से न निकले तो किसी साफ तिनके से निकाल लीजिए। छुरी की नोक, पिन या कांटे से निकालने की चेष्टा न कीजिए। मेज़ पर या चार लोगों के बीच में तिनके का प्रयोग करना अशिष्टता होगी। बादाम या अन्य कड़ी वस्तुओं को दांतों से तोड़ने की कोशिश कभी न कीजिए। दांतों का ‘एनामिल’ नष्ट हो जाएगा। यदि ऐसा हुआ तो दांत सड़ने लगेंगे और आपको अपार कष्ट देंगे। बहुत ठंडी वस्तु के बाद बहुत गर्म खाने या पीने

से भी एनामिल के टूट जाने का खतरा रहता है।

यदि देखभाल के बावजूद दांतों में खराबी आ जाए तो किसी अच्छे दांतों के डाक्टर की राय अवश्य लीजिए। सावधान रहने के लिए वर्ष में एक बार डेंटिस्ट द्वारा दांतों की परीक्षा करा लेना भी अच्छा होगा।

कितनी अद्भुत सष्टि है मनुष्य !

कहा जाता है कि किसी राष्ट्र में कितने साबुन की खपत होती है, इसीसे अन्दाज़ा लगाया जा सकता है कि वह राष्ट्र कितना सभ्य है। यदि हम संसार के प्रगतिशील और उन्नत राष्ट्रों की ओर नज़र डालें तो हमें इस कथन की सचाई पता चलेगी। स्वास्थ्य, सौन्दर्य, स्फूर्ति और महत्त्वाकांक्षा का सफाई से बढ़कर दूसरा मित्र कोई नहीं है। व्यक्ति की प्रगति के लिए तो यह बहुत ही आवश्यक है और व्यक्तियों को मिलाकर ही राष्ट्र बनता है।

समाज-सेवकों को सफाई के महत्त्व का, और राष्ट्रोन्नति में उसके स्थान का पूरा ज्ञान है। गन्दी बस्तियों की सफाई के काम में पहला कदम होता है उनके निवासियों को रहने के लिए साफ जगह देना।

स्वच्छ रहने का ज्ञान सारे व्यक्तित्व को ही ऊपर उठाता

है। स्वच्छता सभी शारीरिक और मानसिक शक्तियों का चरम उत्कर्ष करती है। विचारधारा में तेज़ी आती है, योग्यता बढ़ती है, स्फूर्ति बढ़ती है।

सेंट पाल का कहना है :

"क्या तू नहीं जानता कि तेरा शरीर ईश्वर का मन्दिर है और ईश्वर तेरे अन्दर निवास करता है ?"

एक कुशल गृहिणी अपने रसोईघर की जैसी देखभाल करती है, हमें ईश्वर के इस मन्दिर' की देखभाल उसी तरह करनी चाहिए। हमें उसकी देखभाल ऐसे करनी चाहिए कि उसकी पवित्रता में कमी न आने पाए।

एक प्रसिद्ध लेखिका ने कहा है कि "जिसके काम और काम करने के तरीके गन्दे और भद्दे हों, उसकी आत्मा में मुझे विश्वास नहीं हो सकता। उच्च और पवित्र चरित्र का सम्बन्ध हम गन्दे शरीर से नहीं जोड़ सकते। जब हम किसी ऐसे व्यक्ति से मिलते हैं जिसने अपनी शारीरिक, मानसिक और आध्यात्मिक शक्ति का चरम विकास कर लिया हो और जिसका भौतिक शरीर अपनी सौम्यता के कारण ईश्वर के सन्निकट जान पड़ता हो, हम अनायास ही उसके आगे श्रद्धा से सिर झुका देते हैं, और हमारा मन शेक्सपियर के साथ पुकार उठता है, 'मनुष्य कितनी अद्भुत सृष्टि है ! उसकी विवेचना कितनी पवित्र है ! शारीरिक व मानसिक शक्ति

कितनी असीम है ! उसका रूप और उसकी गति कितनी मोहक है ! काम में देवता के समान, ज्ञान में ईश्वर के समान, विश्व का सौन्दर्य, प्राणियों में सर्वश्रेष्ठ !' "

4. पहनावे का महत्त्व

अक्सर पहनावा देखकर ही व्यक्तित्व का आभास हो जाता है।

—शेक्सपियर

"पहनावा गन्दा या अशोभन होने पर सारी योग्यता और सद्गुणों के बावजूद कोई भी व्यक्ति सज्जन नहीं दीखता।"

"तुम कौन-सा काम कर सकते हो ?" यह प्रश्न एक समृद्ध व्यापारी ने एक फटेहाल नवयुवक से पूछा जो नौकरी की उम्मीद लेकर आया था।

"कोई-सा भी काम कर सकता हूं।" नवयुवक बोला।

"झाड़-पोंछ कर सकते हो?"

"जी हां।"

"तो पहले अपने कोट की ही झाड़-पोंछ क्यों नहीं कर डालते ?"

नवयुवक चुप रहा।

व्यापारी ने फिर पूछा, "चमड़े की चीज़ों पर पालिश कर सकते हो ?"

बड़ी आशा से नौजवान ने फिर जवाब दिया, "जी हां, यह काम तो बखूबी कर सकता हूं।"

व्यापारी ने कहा, "तो इसका मतलब यह है कि तुमने सिर्फ

लापरवाही के कारण हो अपने जूते साफ नहीं किए। अच्छा ! फर्श रगड़ सकते हो?"

"जी हां।"

इसके जवाब में व्यापारी ने कहा, "तो पहले अपने कपड़ों को मलकर धो डालो; और फिर कभी यहां वापस न आना।"

नौकरी का उम्मीदवार चला गया, पर हमें पूरा विश्वास है कि उसने इन कड़वी बातों से अच्छा सबक सीख लिया होगा। व्यापारी को नौजवान के आलस्य और लापरवाही से चिढ़ लगी, उसकी गरीबी से नहीं। हो सकता है कि उसके पास इससे ज्यादा अच्छे कपड़े पहनने की सामर्थ्य न रही हो, पर गन्दे रहने का तो कोई कारण नहीं था।

सफाई वह सिक्का है जो व्यापार में खूब चलता है। जो युवक या युवती उसकी उपेक्षा करते हैं वे बहुत दुःखदायी भूल करते हैं। साफ-सुथरा, आकर्षक स्वरूपवाला आदमी स्वयं ही अपनी सिफारिश है जो किसी भी लिखित सिफारिश से कहीं अधिक प्रभावशाली होता है।

एक आधुनिक लेखक ने लिखा है : "मैंने एक बार एक सफल व्यापारी को यह कहते हुए सुना कि उसकी सबसे दक्ष सेक्रेटरी वह लड़की थी जिसको उसने केवल उसकी वेशभूषा और शिष्टाचार आदि के कारण रखा था। उस दिन बारिश हो रही थी, तीस युवतियां 'इण्टरव्यू के लिए आई थीं। उनमें से बीस तो सुस्त और

निराश-सी थीं; और पांच तो ऐसी थीं जिन्हें देखकर ही लगता था कि वे उस विशेष मौके के लिए खास तौर से पहन-ओढ़कर आई थीं। अन्य चार कच्ची उम्र की लड़कियां थीं जो बात-बात पर खिलखिलाकर हंस पड़ती थीं। केवल एक ही ऐसी उम्मीदवार युवती थी जो खूब साफ-सुथरी थी, सुरुचिपूर्ण कपड़े पहने थी। उसकी छतरी साफ थी, और उसने मौसम के अनुसार ही अपने बाल भी बनाए थे। उसके पास कोई सिफारिशी चिट्ठी नहीं थी, पर व्यापारी ने उसे ही चुना। उसका निर्णय ठीक ही साबित हुआ। वह अपने काम में कुशल थी। हो सकता है कि जिन लड़कियों को अस्वीकृत कर दिया गया था उनमें से कुछ ज़रा-से परिश्रम और नये कपड़े के लिए काफी पैसे पाने के बाद अपने काम में चतुर हो जातीं। पर व्यापारी को इससे क्या वास्ता ? वह अनुभवी आदमी है। वह जानता है कि लापरवाह और आलसी दीखने वाली युवती अपने काम में भी लापरवाह होगी।"

नौकरी के उम्मीदवारों से

बीमा के एजेण्ट आदि, जो दूसरों के सम्पर्क में सबसे अधिक आते हैं, अपने अनुभवों के आधार पर कहते हैं–पुराने ढंग के और भद्दे कपड़े पहनना मूर्खता है, जबकि आप ज्यादा अच्छे और ढंग के कपड़े पहनने की हैसियत रखते हैं। अनुभव ने

उन्हें सिखाया है कि कपड़ों से संपन्न दीखने वाले एजेण्ट ग्राहकों को ज्यादा आकर्षित कर सकते हैं। उनकी पहुंच भी दूर-दूर तक हो सकती है, ऐसे प्रभावशाली लोगों से मिलना-जुलना हो सकता है जो उनके व्यवसाय को आगे बढ़ाने में सहायक हो सकते हैं।

अमेरिका के एक रेलवे कर्मचारी संघ के अध्यक्ष का कहना है कि "यह सच है कि पोशाक आदमी को नहीं बनाती, पर यह भी सच है कि अच्छी पोशाक की बदौलत कितने ही लोगों को अच्छी नौकरियां मिल गई हैं। अगर आपकी जेब में पचास रुपये हों और आपको किसी अच्छी नौकरी की तलाश भी हो तो बुद्धिमत्ता इसीमें है कि उन रुपयों का ढंग के कपड़े खरीदने में खर्च कर दीजिए, ताकि 'इण्टरव्यू के लिए जाते समय तो आपके कपड़े दुरुस्त हों।"

ऐसी स्थिति में बहुत-से लोग उन पचास रुपयों को बचाने की चिन्ता में रह जाते हैं और मौका खो देते हैं। मितव्ययिता अच्छा गुण है; और नौजवानों में इसे प्रोत्साहन भी मिलना चाहिए। नौजवानों को चाहिए तो यही कि अपनी आय से कम खर्च करें। उन्हें ज्यादा भड़कोली पोशाक नहीं पहननी चाहिए; और न ही चादर से बाहर पांव फैलाने चाहिए। पर एक स्थिति ऐसी आती है जब मितव्ययिता सद्गुण नहीं रह जाता, जब लोग आवश्यक कपड़ों में ही बचत करने लगते

हैं। अच्छा यही है कि मापके जमाखाते में कुछ कम रुपये बचे हों और आपका आत्मसम्मान बना रहे, न कि बैंक में पूंजी तो जमा होती रहे और उसकी खातिर आपको इतने मैले कपड़े पहनने पड़ें जिन्हें दूसरे को दिखाने में भी शर्म आए। आत्मसम्मान, स्वच्छता आदि को बेचकर बचत नहीं करनी चाहिए।

वस्त्रों का प्रभाव

हमारे कपड़ों का अच्छा या बुरा प्रभाव दूसरों की अपेक्षा हमपर अधिक पड़ता है। उसका असर हमारी भौतिक उन्नति पर ही नहीं, चरित्र पर भी पड़ता है। एक प्रसिद्ध महिला कहती है : "साफ कपड़े नैतिक साहस को बढ़ाते हैं, जैसे साफ अन्तःकरण बढ़ाता है। साफ-सुथरा कालर या साफ-चमकदार जतों ने अनेक लोगों की सहायता की है।'

आपके बाहरी कपड़े कितने ही नये, सुन्दर व स्वच्छ क्यों न हों, यदि आपके भीतरी कपड़े भी उतने ही साफ नहीं हैं तो आपमें आत्मविश्वास की कमी, हीनता की भावना, अपूर्णता का एहसास और एक अभाव होना अनिवार्य है। ऐसा होने से आत्मविश्वास और आत्मसम्मान खो जाता है।

धर्मोपदेश करते हुए पादरी या मंच पर खड़े वक्ता को यदि

बार-बार यह बात कोचती रहे कि उसके मोजे में एक बड़ा-सा सूराख है या उसके जूते का तला फटा है तो वह अपना काम बखूबी नहीं कर सकता। उसे बेचैनी का अनुभव होगा। उसे लगेगा कि उसकी शक्ति क्षीण हो गई है। वह अपने श्रोताओं पर उतना अधिक प्रभाव नहीं डाल सकेगा; क्योंकि उसके स्वरूप की सम्मोहन शक्ति कम हो गई और इसका कारण है अपूर्णता की भावना।

एक अन्य लेखक का अनुभव है : "उपयुक्त और साफसुथरे ढंग की पोशाक बाहर वालों से ज्यादा असर स्वयं पहनने वाले पर डालती है। यदि प्रत्येक व्यापारी अपने कपडों की ओर अधिक ध्यान दे और रोज़मर्रा का काम निपटाते समय भी आकर्षक व चुस्त रहे, तो उसके व्यापार को नई प्रेरणा व स्फर्ति मिलेगी।"

यदि एक सफल और युवा व्यापारी जो अपने कपड़ों के प्रति बहुत ध्यान देता हो, किसी दिन किसी आवश्यक काम पर रोज़ की तरह कपड़े पहनकर न निकले, तो उसके असफल होने की सम्भावना है। उसको स्वयं अपनी बुरी हालत का इतना अधिक खयाल आएगा कि उसके काम पर उसका बुरा प्रभाव अवश्य पड़ेगा। इस प्रभाव की पूर्ति इच्छा-शक्ति से नहीं की जा सकती। विजेता के गौरव और आत्मसम्मान के स्थान पर वह अपने को हारा हुआ व्यक्ति पाएगा; उसका

सशक्त व्यक्तित्व कुछ देर के लिए अपंग-सा हो जाएगा, उसका कमज़ोर पक्ष उसपर हावी हो जाएगा, और उसकी सारी शक्ति खत्म हो जाएगी।

अंग्रेजी के प्रसिद्ध विचारक और लेखक एमर्सन का कहना है कि अच्छी पोशाक पहनने से जो आत्मशान्ति मिलती है वह धर्म से भी नहीं मिल सकती। यदि सुबह तैयार होकर काम पर जाते समय आप कपड़ों की ओर जज़रा अधिक ध्यान दें और शुरू से ही ठीक कपड़े पहनकर निकलें, तो सारे दिन के लिए आप इस चिन्ता से बरी हो जाएंगे और अपने सर्वोत्तम व्यक्तित्व को अभिव्यक्त कर सकेंगे।

स्वास्थ्य की दृष्टि से भी अच्छे कपड़ों का महत्त्व बहुत अधिक है। यदि हर मौके पर आपको यह विश्वास हो कि आपके कपड़े वक्त, मौसम और मौके के लिहाज से दुरुस्त हैं तो उसका आपके मन पर बहुत प्रभाव पड़ेगा।

ऐसे युवक-युवतियों की संख्या बहुत ही कम है जो अपने वातावरण से, अपने चारों ओर की दुनिया से अछूते रहते हैं। यदि किसी दिन आप बड़ी फुर्सत से पूरे कपड़े पहने बिना अपने कमरे में पड़े हों और कमरे की चीजें भी बिखरी हुई हों तो आप शीघ्र ही देखेंगे कि आपका 'मूड' भी कमरे के वातावरण के अनुरूप हो जाएगा। आपका दिमाग भी सुस्त हो जाएगा, विचार-शक्ति ढीली पड़ जाएगी और शरीर निढाल हो जाएगा; न तो शारीरिक

ताकत ही रह जाएगी, और न दिमागी ही।

इसके विपरीत यदि आपका मन उदासीन हो, बुझा-बुझा-सा हो और काम में जा न लगता हो, तो बजाय इसके कि आप बिना नहाए-धों ए, मन मारे घर में पड़े रहें, आप और दिनों की अपेक्षा अधिक यत्न से नहाइए-धोइए, ज़्यादा दिल से कपड़े पहनिए और इस तरह तैयार होइए, मानो किसी जलसे में जा रहे हों; और देखिए, आप अपने को एक बदला हुआ व्यक्ति पाएंगे। ज़्यादा सभावना तो इसी बात की है कि तैयार होते-होते ही आपकी आधी उदासी और अस्वस्थता का भाव छुमन्तर हो जाएगा और आपकी विचाराधरा ही बदल जाएगी।

बो ब्रमेल को आदर्श न बनाइए

मैं बार-बार अच्छे कपड़ों पर जोर देता रहा हूं। इसका तात्पर्य यह नहीं है कि मैं यह चाहता हूं कि आप इंग्लैंड के विख्यात फैशनपरस्त युवक बो ब्रमेल को अपना आदर्श बना लें, जोकि वर्ष मे बीस हज़ार रुपये केवल दरज़ियों पर खर्च किया करता था। यह भी बुरा है। जो लोग अच्छे भड़कीले कपड़ों को ही अपने जीवन का चरम लक्ष्य बना लेते हैं और कपड़ों के पीछे कर्ज़ के बोझ से लद जाते हैं उनकी गणना सामान्य लोगों में नहीं की जा सकती। ऐसे लोग कपड़ों के शौक के पीछे अपने

काम-धंन्धे को भी भुला देते हैं, और बो ब्रमेल की भांति अपना अधिकांश अमूल्य समय नये फैशनों का अध्ययन करने में बिता देते हैं। नहीं, यह मेरा उद्दश्य नहीं है। पर मैं यह अवश्य कहूंगा कि अपनी सामर्थ्य, सामाजिक स्थिति और मर्यादा के अनुकूल कपड़े पहनना हरेक का कर्तव्य है, अपने प्रति भी और दूसरों के प्रति भी।

अनेक युवा लोग खाने-पीने के अलावा जो भी पैसे बचते हैं, उन्हें कपड़ों पर खर्च कर देते हैं। दूसरों की देखा-देखी और उनकी बराबरी करने की होड़ में लोग कर्ज में डूबकर भी अपनी हैसियत से बढ़-चढ़कर दीखना चाहते हैं। वे यह समझते हैं कि अच्छे कपड़ों का अर्थ है कीमती कपड़े, और इस भ्रान्ति के कारण उनकी अपेक्षा अधिक भयंकरभूल कर बैठते हैं जो लोग कपड़ों को महत्त्व ही नहीं देते। ऐसे लोग अपनी आत्मा, मन और संस्कृति का विकास करने के बजाय अपनी सारी शक्ति इसीकी खोज में लगा देते हैं कि कौन-सा फैशन सबसे नया है या किस असाधारण वेशभूषा द्वारा दूसरों पर सिक्का जमाया जा सकता है। समाज में अधिकांश लोग दूसरों के कपड़ों की कीमत के आधार पर उनको हैसियत, सामाजिक स्थिति और उनका मूल्य आंकते हैं। इन्हीं गलत मान्यताओं, व्यक्ति की प्रतिष्ठा के इस मापदंड के कारण ही कई लोग अपना सर्वनाश कर बैठते हैं। वे अपनी खुशी के

लिए नहीं, दूसरों पर अपना रोब डालने के लिए कपड़े पहनते हैं। आत्मसंतोष के लिए सुरुचिपूर्ण कपड़े पहनना या साफ-सुथरा रहना उसकी संस्कृति का, परिष्कृत रुचि का परिचय देता है और दिखावे के लिए अच्छे-भड़कीले कपड़े पहनना छिछलेपन का, सामाजिक स्पर्धा का परिचय देता है।

आपने देखा होगा कि आजकल हमारे समाज में नकली चीजों का बहुत चलन हो गया है—नकली रेशम, नकली सोना, नकली चांदी। जो लोग असली रेशम खरीदने की सामर्थ्य नहींरखते, वे नकली ज़री के कपड़े पहनकर सोचते हैं, उन्होंने दूसरों की आंखों में धूल झोंक दी। पर नकली रेशम या .सोने से उनकी सामाजिक प्रतिष्ठा बढ़ नहीं जाती; हां, आत्मप्रवंचना से क्षणिक सन्तोष अवश्य मिल जाता होगा। दूसरों की नज़रों में तो वे हास्यास्पद बन जाते हैं। यह कहीं ज़्यादा सभ्य और सुरुचिपूर्ण है कि आप पन्द्रह-बीस रुपये की साफ-सुथरी और सुन्दर सूती साड़ी पहनें, बजाय इसके कि नकली रेशमी चमकदार कपड़े पहन कर अपने को हलका बनाएं।

आदमी का मुख्य उद्देश्य यह होता है कि दूसरों की नज़र उसपर पड़े। आजकल बहुत-से नौजवान भड़कीले शोख रंगों की चित्र-विचित्र टाइयां, चौड़े चारखाने की रंगीन कमीज़ें या बुश्शर्ट आदि पहनते हैं। लोगों की आंखें उनपर पड़ती अवश्य हैं, पर वह दृष्टि प्रशंसापूर्ण नहीं होती। उनकी वेशभूषा से

केवल उनकी भद्दी रुचि ही झलकती है। ऐसे लोग कभी उन्नति नहीं कर सकते, और इसका कारण भी स्पष्ट है। अंग्रेजो के प्रसिद्ध लेखक कारलाइल ने ऐसे व्यक्तियों का अच्छा वर्णन किया है: "कपड़ा पहनने वाला व्यक्ति, अर्थात् ऐसा व्यक्ति जिसका रोज़गार, व्यवसाय, अस्तित्व ही केवल कपड़ों तक सीमित हो, वह मानो कपड़ों के लिए ही जीवित रहता है। उसको आत्मा, बुद्धि, मन और शरीर की सारी शक्तियां केवल इसी एक उद्देश्य की पूर्ति में लगी रहती हैं। उन्हें जीवन की अधिक वांछनीय वस्तुओं के लिए प्रयत्न करने या सोचने का भी अवकाश नहीं मिलता।"

जो युवा स्त्री अपने कर्तव्य, आत्मोन्नति, घर-बार, जीवन की तमाम सुन्दर और वांछित वस्तुओं को केवल वस्त्रों पर न्योछावर कर देती है वही कारलाइल द्वारा वर्णित व्यक्ति की ठीक जीवन-सहचरी हो सकती है। ऐसी स्त्रियों को भी आप रोज़ ही देखते होंगे जो नकली ज़ेवर, गोटे, जरी, सस्ते मेकअप आदि से लदी-फंदी रहती हैं—सजना-संवरना ही मानो उनका प्रमुख काम है।

जिन युवा लोगों की चर्चा ऊपर की गई है उनका आचार-व्यवहार भी ऐसा ही होता है —भद्‌दा, भोंड़ा और आडम्बरपूर्ण। उनकी पोशाक की शैली इसका संकेत है कि वे क्या करते हैं और क्या सोचते हैं। इससे जो चरित्र झलकता है

वह अप्रिय है—उससे कहीं अधिक अप्रिय जा अपने वस्त्रों के प्रति लापरवाह हैं।

कुशल व्यापारियों और अन्य अनुभवी लोगों को इसका पूरा ज्ञान है कि उपयुक्त कपड़ों का कितना महत्त्व है। इस सम्बन्ध में सुरुचि के खंडन का परिणाम अच्छा नहीं होता। यह इस घटना से स्पष्ट हो जाएगा।

किसी नौकरी के लिए उम्मीदवार एक युवा स्त्री नकली रेशम पर नकली तिल्ले के काम को भारी साड़ी, नकली ज़ेवर और गहरे मेकअप से बनी-ठनी पहुंची। उसके पास कई सिफारिशी खत थे; पर निर्वाचन समिति पर उसकी उस सस्ती, भद्दा और बेमौके सजधज का इतना उलटा असर पड़ा कि उन्होंने उसकी अरज़ी की तरफ देखना भी नहीं चाहा। उसके जाने के बाद समिति के अध्यक्ष ने कहा, "हमें काम करने वाली स्त्री चाहिए, छबीली स्त्री नहीं।"

बार-बार इस सत्य पर ज़ोर दिया जाता है कि कपड़ों पर फिज़ूलखर्ची करने का अर्थ सुरुचिपूर्ण वस्त्र नहीं है। यह भी अपनी-अपनी सूझ-बूझ पर है। कुछ स्त्रियां दो सौ रुपये की आय में ही अच्छे कपड़ों पर खर्च कर बचा लेती हैं, जबकि कुछ स्त्रियां उनसे चौगुनी रकम खर्च करने पर भी ढंग के कपड़े नहीं पहन सकतीं। यदि आपकी रुचि परिष्कृत, कलापूर्ण नहीं है तो कितना भी धन खर्च कीजिए, बेकार

होगा। ऐसा कपड़ा पहनना जो आपको फबता हो, ऐसा रंग चुनना जिससे आपका रंग-रूप निखर सके, कुछ तो सामान्य बुद्धि की बात है और कुछ सुरुचि की।

वस्त्र-विन्यास की एक विशेषज्ञ स्त्री ने लिखा है : “यह खेद की बात है कि साधारण लोगों के मन से यह धारणा नहीं मिटाई जा सकती कि सुरुचिपूर्ण कपड़ों के लिए बहुत धन की आवश्यकता है। उस दिन हमें एक लड़की मिली जो कहीं नौकरी करती थी। उसकी साड़ी सुन्दर हल्के रंग की थी, पर पुरानी लग रही थी। उसके साथ उसने उसी रंग को चप्पलें पहन रखी थीं। हाथ में उसी रंग का सुन्दर बटुआ था। पता नहीं क्यों उसके कपड़ों से एक पवित्रता और भावुकता-सी झलक रही थी। कपड़ों का रंग उसको भूरी आंखों और नर्म काले बालों से मेल खा रहा था। उस सादी पोशाक में भी वह युवती मुझे बेहद आकर्षक दिख रही थी।”

यदि आपमें स्वाभाविक सुरुचि नहीं है तो बनाइए। यह पता लगाने की कोशिश कीजिए कि किन रंगों के और किस कट के कपड़े आपको सजेंगे। अपनी कल्पना पर ही निर्भर मत कीजिए। अपनी उन सखी-सहेलियों व मित्रों से राय लीजिए जिन्हें इसका ज्ञान है। उनकी राय और सहायता तव तक लीजिए जब तक कि आपको अपने चुनाव पर पूरा भरोसा न हो जाए। एक बार कपड़ों के चुनाव के सम्बन्ध में आपकी

रुचि बन जाए, और अच्छे कपड़ों का रहस्य आपकी समझ में आ जाए तो आप थोड़ी-सी तनख्वाह में भी अच्छे कपड़े पहन सकती हैं।

आपकी वेशभूषा की छोटी-छोटी बातें ही महत्त्वपूर्ण होती हैं। यदि आपने उसकी उपेक्षा की तो आपको सारी मेहनत, सारा खर्च बेकार होगा। एक बार एक युवा स्त्री ने, जो किसी नौकरी के पाने में असफल रही थी, मुझे बताया कि लड़कियों के एक दस्तकारी के स्कूल की संचालिका के पद के लिए उसकी सिफारिश की गई थी। स्कूल की संस्थापिका ने उसके सिफारिश-पत्रों से प्रभावित होकर उससे मिलने की इच्छा प्रकट की। उससे मिलने के बाद संस्थापिका महोदया ने उसके आवेदन-पत्र पर ध्यान देने से साफ इंकार कर दिया। इतनी योग्य उम्मीदवार को अस्वीकार करने का कारण पूछने पर उसने कहा, "बात तो छोटी-सी थी, पर उसका अर्थ बहुत महत्त्वपूर्ण था। वह युवती मेरे पास कीमती व भड़कीली साड़ी पहनकर आई थी, पर उसकी चप्पलें गन्दी थीं। उसके 'कार्डिगन' के बटन टूटे थे। लड़कियों के लिए इतनी काहिल और लापरवाह स्त्री अच्छी मार्गदर्शक नहीं हो सकती।"

जो लोग दुनिया में अपना रास्ता बनाना चाहते हैं उनके लिए वस्त्र-सम्बन्धी परामर्श यह है—आपके वस्त्र शोभन हों, कीमती नहीं।

वस्त्रों का सबसे बड़ा आकर्षण है सादगी। आजकल सस्ते और सुन्दर कपड़ों की इतनी भरमार है कि सभी लोग सुरुचिपूर्ण वस्त्र पहन सकते हैं। परन्तु यदि परिस्थिति आपको इसपर विवश करती है कि आप पुराना सूट या पुरानी साड़ी पहनें तो लज्जित होने की कोई बात नहीं है। उधार लिए गए कीमती सूट पहनने से ज़्यादा अच्छा होगा यदि आपके शरीर पर कोई पुराना कोट ही हो, जिसका दाम आप अदा कर चुके हैं। आप उसे आत्मविश्वास के साथ पहन सकते हैं और लोग आपका आदर भी करेंगे। पुराने कपड़ों से कोई हानि नहीं है। हां, गन्दे और भद्दे कपड़ों से बचना चाहिए। अपनी सामर्थ्य के अनुसार यथाशक्ति अच्छे और ढंग के कपड़े पहनने और खूब साफ-सुथरे रहने से आपमें वह नैतिक बल उत्पन्न होगा जो प्रतिकूल परिस्थितियों में भी आपकी रक्षा करेगा। इससे आपमें शक्ति, गौरव और सम्मोहक शक्ति का उदय होगा जिसके कारण आपका सर्वत्र आदर होगा।

5. शिष्टाचार

किसी सुसंस्कृत व्यक्ति को पहचानने के लक्षण स्पष्ट हैं—वह अपने को भुलाकर दूसरों का खयाल रखता है, वह यथाशक्ति दूसरों की मदद करता है और हर तरह के संग-साथ में अपने शिष्टाचार से पहचान लिया जाता है; उम्र की इसमें कोई कैद नहीं।

—'हार्पर्स यंग पीपुल' से

उस दिन मैं पर्यटकों के लिए एक 'गाइड-बुक' देख रहा था। 'अपना शिष्टाचार सदा अपने साथ रखिए'—इन शब्दों ने अनायास ही मेरा ध्यान आकर्षित कर लिया। और मैं इस सुनहरे वाक्य को नवयुवकों को उस सेना तक पहुंचाता रहता हूं जो अपनी जीवन-यात्रा आरम्भ करने वाले हैं। आपके वस्त्रों या अन्य बाहरी वस्तुओं की अपेक्षा आपका शिष्टाचार आपक व्यक्तित्व का अधिक अभिन्न अंग है।

यह सोचकर अपने को धोखे में मत रखिए कि अन्त में योग्यता की ही जीत होगी। ऊंची योग्यता के बावजूद कई लोगों को केवल इसलिए भूखे रहकर दिन बिताने पड़े हैं, क्योंकि दूसरों के प्रति उनका व्यवहार अभद्र और रूखा होता है। यदि वातजीत करने का आपका ढंग रूखा, कटु और अशिष्ट है तो आप चाहे कितने ही योग्य, उद्योगी और ईमानदार क्यों न हों लोग आपसे कतराएंगे। कोई भी यह

पसन्द नहीं करेगा कि आप उसके साथ काम करें। मानव-प्रकृति शान्ति, मेल और सूर्य की रोशनी से प्रेम करने वाली होती है। हम खुशनुमा वस्तुओं, प्रिय स्वरूप के प्रति उसो प्रकार खिंचते हैं जैसे स्थूल वस्तु पृथ्वी की ओर। अधिकारी चाहे स्वयं रूखी प्रकृति का हो, वह चाहता यही है कि उसके अधीन काम करने वाले लोग सुशील, नम्र और भद्र हों। यदि उसके सामने दो समान योग्यता वाले व्यक्ति प्रस्तुत किए जाएं तो वह उसे ही चुनेगा जो अधिक शिष्ट होगा, क्योंकि शिष्टता अधिक सुसंस्कृत व्यक्तित्व का लक्षण है। उन्नतिशील व्यापारिक संस्थाओं के अधिकारी यह खूब अच्छी तरह समझते हैं कि नम्रता और भद्र व्यवहार की ख्याति सबसे मूल्यवान पूंजी है और इसी कारण वे इस बात पर हमेशा बल देते हैं कि उनके सभी कर्मचारियों का व्यवहार नम्र और मधुर हो।

अलादोन का चिराग और सफलता

एक बड़े नगर को एक संस्था को संचालिका के नीचे आज पचास-साठ योग्य 'स्टेनोग्राफर' काम करते हैं। जब उसने अपना काम आरम्भ किया था तब उसके पास एक किराये की मेज़-कुर्सी के अलावा और कुछ नहीं था। उसकी सफलता

का कारण यही था कि उसने इस सुनहरे सिद्धान्त का सदैव पालन किया है। मैंने उत्सुकतावश उससे पूछा, "अपने काम में आपको जो सफलता मिली है, उसका श्रेय आप किसको देती हैं?"

उसने तपाक से उत्तर दिया, "अभिभावकों के प्रति अपने शिष्ट व्यवहार को। मेरा यह सिद्धान्त रहा है कि टाइपिस्ट अपने काम में कितना ही निपुण क्यों न हो, उसका विनम्र और शिष्ट होना नितान्त आवश्यक है, नहीं तो उसको मेरी फर्म में जगह नहीं मिल सकती।"

एक बहुत बड़े बैंक के अध्यक्ष ने एक बार कहा था "युवा लोगों के लिए शिष्ट व्यवहार के महत्त्व पर जितना भी ज़ोर दिया जाए, कम है। यदि मेरे पास बीस ज़बानें होतीं तो मैं उन बीसों से विनम्रता और शिष्टता का उपदेश देता। उसका प्रभाव स्पष्ट और अवश्यम्भावी है। शिष्टाचार सफलता के लिए 'अलादीन का चिराग' के समान है।"

एडवर्ड सिमन्स नामक करोड़पति, जो अपनी मेहनत से ही सफलता के शिखर पर पहुंचे हैं, कहते हैं: "विनम्रता सबसे सस्ती पर सबसे उत्तम पूंजी है। उसका बहुत उत्तम फल मिलता है, और उसमें लागत कुछ नहीं है। मैं तो नवयुवकों से कहूंगा कि अपनी विनम्रता को जूतों के तलों में छिपाकर न रखें, जहां कोई उसे देख न सके। यदि आप दूसरों के

प्रति विनम्र होंगे तो दूसरे भी आपके साथ वैसा ही व्यवहार करेगे। जैसा बोओगे, वैसा काटोगे। व्यापारिक क्षेत्रों में काम करने वालों से तो मैं विशेष तौर पर कहूंगा कि विनम्रता को किसी भी परिस्थिति में न त्यागिए। व्यापार में, रोज़गार में, दूकानों में खरीद-फरोख्त करते समय, सड़क पर, घर में, दफ्तर में—हर जगह विनम्रता और शिष्टता उनके व्यक्तित्व का अभिन्न अंग बन जानी चाहिए जो सफल और लोकप्रिय होना चाहते है।"

एक समाचारपत्र के सम्पादक का तो यहां तक कहना है :

"विनम्रता एक राष्ट्रीय गुण है। विनम्र लोग प्रसन्नचित्त भी होते हैं और स्वस्थ भी रहते हैं। हमेशा चिड़चिड़ेपन और क्रोधी प्रकृति का प्रभाव सबसे पहले स्वास्थ्य पर पड़ता है। विनम्रता का विनिमय व्यापारिक विनिमय को भी आगे बढ़ाता है। हज़ारों-लाखों लोग एक-दूसरे से चिढ़ते हैं। ज़रा-ज़रा-सी बात पर बिगड़ खड़े होते हैं। लड़ने पर उतारु हो जाते हैं। उनसे मैं कहूंगा कि ज़रा विनम्रता और सहिष्णुता का अभ्यास करके देखें। अगली बार भीड़-भाड़ में कोई धक्का दे, आपके पैर पर अपना जूता रख दे, या आपके सामने आ खड़ा हो, तो दांत पीसने और कटु शब्दों की खोज करने के बजाय आप ही उससे क्षमा मांग लें, मानो सारा दोष आपका ही है। इस विनम्रता का प्रभाव तुरन्त ही नज़र

आएगा। वह लज्जित होकर आपसे क्षमा मांगेगा। आप देखगे कि दो व्यक्ति एक-दुसरे से विनम्र व्यवहार करके जो कुछ पा सकेंगे, वह आवेश से या एक-दूसरे को नीचा दिखाने के लाख प्रयत्न करने से भी हासिल न होता।”

उस आदमी को मत छोड़ो

अशिष्ट व्यवहार जिन दरवाज़ों को बन्द कर देता है, विनम्रता उन्हें खोल देती है। हजारों सफल व्यक्ति इस बात के साक्षी हैं कि जहां अच्छी से अच्छी ज़बान हार जाती हैं, वहां शिष्ट व्यवहार सफल हो जाता है।

एक बार किसी बड़ी फर्म में एक नवयुवक ने नौकरी की दरख्वास्त भेजी। सब जगहें भर चुकी थीं, नये लोगों को लेने की कोई गुंजाइश नहीं थी। पर उस नवयुवक का व्यवहार इतना शिष्ट और मधुर था, देखने में इतना आकर्षक था कि अधिकारियों ने सोचा कि ऐसे व्यक्ति को हम नहीं खो सकते। उन्होंने दुरदर्शिता से काम लेते हुए सोच लिया कि शायद भविष्य में ऐसी स्थिति आए जव मृदुभाषी, शांत और सौजन्यपूर्ण व्यक्ति की आवश्यकता पड़े। यह उसके व्यक्तित्व का ही प्रभाव था कि किसी खास सिफारिश के बिना ही उसे वह जगह मिल गई और यह बताने की आवश्यकता नहीं कि अपने आकर्षक व्यक्तित्व

की बदौलत उसने बहुत जल्दी उन्नति कर ली।

भद्रता अपने-आपमें ही ज़ोरदार विज्ञापन है। सफल चिकित्सकों से पूछिए, उनकी सफलता का कारण यही है कि उनके सौजन्य, दयालुता और भद्रता की प्रशंसा उनके रोगी मुक्तकंठ से करते हैं; और इस प्रकार उनके नाम का खूब प्रचार होता है। विभिन्न व्यावसायिक क्षेत्रों में अनेक लोगों ने इन्हीं गुणों के बल पर सफलता प्राप्त की, जबकि उनसे कहीं अधिक योग्य व्यक्ति इस एक गुण के अभाव के कारण उन्नति नहीं कर सके।

व्यापारिक क्षेत्रों में तो इन गुणों का मूल्य अपरिमित है। कुछ युवा लोग यह समझ बैठते हैं कि व्यापारिक बुद्धि और हिसाब-किताब का ज्ञान होना चाहिए, फिर भाग्य के द्वार अपने-आप ही धडाधड़ खुलने लगेंगे। परन्तु उन्हें विनम्रता और शिष्टता का वरदान प्राप्त न हो तो उन्हें पछताना पड़ता है। वे भूल जाते हैं कि दूसरों को प्रसन्न रखने की कला ही उन्नति की कला है। वे नहीं जानते कि शिष्टाचार लोकप्रियता का पासपोर्ट है और वही उन्नति का रास्ता बनाता है। कुछ लोग पहली धारणा का महत्त्व नहीं समझते, इसी कारण हर जगह पहला मौका खो देते हैं। ये उन्नति तो करना चाहते हैं पर अपने अशिष्ट, अभद्र व्यवहार और बातचीत द्वारा उन्नति का हरेक रास्ता अपने ही हाथों बन्द कर देते हैं।

एक युवा वकील को इस बात का बहुत गर्व था कि वह अदालत में विरोधी गवाहों को खूब परेशान कर सकता था, और उन्हें अक्सर असहाय स्थिति में डाल देता था। परन्तु एक कृपालु न्यायाधीश ने एक बार उसको स्मरण दिलाया कि कानून के ज्ञान और वाक्चातुरी के अलावा उस व्यवसाय में सफल होने के लिए और भी किसी चीज़ की आवश्यकता है। उसने भरी अदालत में उस युवा वकील से कहा, "मेरे नौजवान दोस्त, मेरी उम्र तक पहुंचने के पहले ही तुम्हें इसका भास हो जाएगा कि सफलता के लिए किताबी ज्ञान से अधिक आवश्यकता है गवाह के प्रति शिष्ट व्यवहार और मृदु भाषा की।'

एक सज्जन किसी बड़ी दूकान में गए। दूकान के स्वामियों में से एक उनका पुराना मित्र था, वे उससे मिलना चाहते थे। उन्होंने एक युवा कर्मचारी से पूछा, "श्री... इस समय कहां मिल सकते हैं ?"

युवक ने बड़ी रुखाई से उत्तर दिया, "मैं नहीं जानता वे अन्दर हैं या नहीं !"

आगन्तुक सज्जन जब आगे बढ़े तो उन्हें उनके मित्र, जिनकी उन्हें खोज थी, मिल गए। उनसे बातचीत होने के बाद, जब वे वापस जाने लगे तो वह नवयुवक लपकता हुआ उनके पास पहुंचा और अपने पूर्व अभद्र व्यवहार के लिए क्षमायाचना करने लगा। उसका यह आचरण उन्हें और भी बुरा लगा,

क्योंकि वे समझ गए थे कि नवयुवक ने उन्हें अपने साथी के साथ घुल-मिलकर बातचीत करते देख उनकी प्रात्मीयता का अन्दाज़ लगा लिया था, और इस कारण शायद वह डर गया था कि वे कहीं उसकी शिकायत न कर बैठे हों। इन सज्जन ने अपने अनुभव के बारे में लिखते हुए युवा लड़कों को चेतावनी दी है : "उस नौजवान का अनुसरण मत कीजिए, क्योंकि वह कभी कुछ नहीं कर पाएगा। आज से दस वर्ष बाद भी वह वहीं होगा जहां आज है।"

इस प्रकार के न जाने कितने युवा लोगों से जीवन के हर क्षेत्र में हमारी मुलाकात होती है। कितने खेद की बात है कि वे लोग स्वयं यह नहीं जानते कि उनकी अभद्रता वह तमाचा है जो उनके अपने ही गाल पर पड़ता है। राजनीतिक क्षेत्र में ऐसे अनेक उदाहरण मिलेंगे जहां किसी होनहार राजनीतिक नेता की उन्नति इसीलिए अवरुद्ध हो गई क्योंकि उसने उन लोगों के साथ अभद्रता की, जिनपर उसकी सफलता निर्भर करती थी।

कुछ लोग कभी-कभी किसी छोटे-मोटे व्यक्ति, होटल के बेयरे या बिजली बनाने वाले मिस्त्री या ऐसे ही किसी व्यक्ति से अशिष्टता कर बैठते हैं और फिर उसके विषय में भूल जाते हैं। उन्हें स्वप्न में भी यह खयाल नहीं होता कि वह अशिष्ट व्यवहार उनकी उन्नति में बाधक हो सकता है।

पता नहीं किससे, कब, कैसा वास्ता पड़ जाए; जिसे अकिंचन समझकर हम आज सीधे मुंह बात करने का कष्ट भी नहीं करते, हो सकता है, उससे हमारा कोई काम पड़ जाए। यह कहना पर्याप्त नहीं है कि हमारा उद्देश्य अच्छा है, ऊपरी कठोरता से क्या हानि है ! चमकते हुए पीतल को सब देखते हैं। सोने में भी यदि चमक न हो तो उसकी ओर कोई आंख भी नहीं उठाता। नम्र व्यवहार के साथ सहृदयता, संवेदनशीलता आदि गुण तो होने चाहिए, नहीं तो वह केवल एक शुष्क उपचारमात्र रह जाता है। यह कहकर कि दिल आपका बहुत अच्छा है, अभद्रता के लिए आपको क्षमा नहीं किया जा सकता।

अशिष्टता सारे गुणों पर पानी फेर देती है। ऐसे आचरण वाले लोगों के लिए सफल होना वास्तव में कठिन है। बड़ी साधना के बाद उनके लिए उन्नति का घर खुलता है, जबकि एक शिष्ट और मृदुभाषी व्यक्ति केवल अपने स्वभाव के माधुर्य से अपने लिए रास्ता बना लेता है। मधुरभाषी व्यक्ति को सभी चाहते और आदर करते है।

कड़वी ज़ुवान को बहुत बड़ा मूल्य चुकाना पड़ता है। कुछ लोग दिन-रात संघर्ष करते रहने के बावजूद आगे नहीं बढ़ सकते, और अपनो असफलता के लिए अपने दुर्भाग्य को या ज़माने को कोसते हैं। मनुष्य अपना विधाता है। यदि

वह निरपेक्ष भाव से सोचकर देखे तो पाएगा कि उसने अपनी अभद्रता और कड़वी ज़ुबान के कारण सभी को विमुख कर दिया है।

शिष्टाचार के मोहपाश से बचना कठिन है। आपने श्रीमान 'क' के खिलाफ बहुत कुछ सुन रखा होगा। उनके विचारों से भी आप सहमत नहीं हैं, पर उनके सम्मुख आते ही उनके व्यक्तित्व का जादू आपपर चल ही जाता है। आप उनकी सज्जनता के कायल हो ही जाते हैं।

व्यवहार के सम्बन्ध में सच ही कहा गया है कि वह हमारी ज़िन्दगी में रंग भरता है, उसे संवारता है; और वह या तो हमारी नैतिकता को बनाता है या उसे नष्ट करता है। हमारा बाहरी आचरण या व्यवहार हो हमें उठाता या गिराता है, क्योंकि मृदुता, सज्जनता, इतर जनों के प्रति नम्रता आदि का व्यवहार ही प्रतिदिन के जीवन का सुनहरा नियम है, जो मनुष्य को ऊंचा उठाता है

एक विचारक का कहना है : "यदि विश्वविद्यालय लड़कों को मनुष्य नहीं बना सकते तो उनके अस्तित्व का कोई लाभ नहीं है। लड़के-लड़कियों को सबसे पहले यह मालूम होना चाहिए कि वे क्या हैं, कौन हैं, और किस उद्देश्य के लिए उन्हें जीना है। उन्हें यह जताना चाहिए कि वे एक ऐसे संसार में रहते हैं जहां व्यक्ति समाज के लिए और समाज व्यक्ति के लिए जीता है। यदि अपने

शिक्षकों के निर्देशन में उन्हें इस सत्य का ज्ञान हो जाए, तो उनका शिष्ट और सुसंस्कृत बनना अवश्यम्भावी है।

कुछ लोगों में तो प्रकृतिदत्त सौजन्य होता है जो चुम्बक की तरह औरों को अपनी ओर खींचता है। पर व्यक्तित्व के इस आकर्षण का विकास तभी किया जा सकता है जब आप शिष्टाचार को अपने जीवन का नियम बना लें और अपने प्रतिदिन के जीवन में एक-दूसरे से मधुर व्यवहार करें। धीरे-धीरे यह आपको प्रकृति बन जाएगी जो आपके समूचे व्यक्तित्व में एक प्रबल भाकर्षण भर देगी। शिष्टता केवल उच्चतम संस्कृति का स्वरूप है। ज़रा-सी बात है, 'धन्यवाद' कहना। पर इस साधारण शब्द का उपयोग करना हम कितने मौकों पर भूल जाते हैं। मीठी मुस्कराहट, कड़वे वचन को, जो दूसरों को दुःख देते हैं, दबाना, नियंत्रण का अभ्यास, दूसरों के प्रति सहानुभूतिपूर्ण व्यवहार (जैसाकि हम अपने प्रति दूसरों से चाहते हैं)—इन सिद्धान्तों के पालन से जीवन कितना सुखद, कितना उन्नत और प्रसन्न हो सकता है !

देवता का आदेश

बाइबल की एक पुरानी कथा है कि एक बार किसी आदमी को किसी अपराध पर स्वर्ग से च्युत कर दिया गया।

प्रवेश-द्वार पर खड़े प्रहरी देवता से उस शापग्रस्त मनुष्य ने पूछा, “वापस लौटते समय ईश्वर के लिए मैं कौन-सी सौगात ले आऊं?”

देवता ने कहा, “शाप पाने के पहले स्वर्ग में जो तुम्हारा चेहरा था, उसे ही वापस ले आना, और तब मैं तुमको अन्दर जाने दूंगा।”

पथभ्रष्ट मनुष्य अपनी आत्मा का सौन्दर्य खो चुका था। इस कारण सन्तरी को उसका चेहरा भी असुन्दर लग रहा था।

कठोर, अभद्र और अशिष्ट व्यक्ति अपनी आत्मा को सुन्दरता भी खो देता है और यह अभाव उसके चेहरे पर झलकता है। मानव के प्रति प्रेम, बन्धुत्व को भावना ही हमारे चेहरे को अलौकिक तेज प्रदान करती है। संसार की सबसे अधिक सुन्दरी भी अपना आकर्षण खो देगी, यदि उसके चेहरे के समान उसका आचार-व्यवहार भी सुन्दर न हो।

शिष्ट और मृदु व्यवहार की आदत डालिए, ऐसा शिष्टाचार जिसका आधार सद्भावना और स्नेह हो। आपके व्यक्तित्व में चुम्बक की सी शक्ति उत्पन्न हो जाएगी जो सभी वांछनीय वस्तुओं को अपनी ओर खींचेगी। व्यक्तित्व का यह ऐसा सौंदर्य है जिसे न समय चुरा सकता है, न दुर्घटना बिगाड़ सकती है। इस गुण से आपको बहुत-से सुन्दर फल मिलेंगे - मित्र,

लोकप्रियता, सुख, दूसरों को सुख देने से प्राप्त प्रसन्नता और सन्तोष, और अन्त में जिसका महत्त्व कम नहीं है, भौतिक सफलता; क्योंकि यह सच है कि 'दूसरों को प्रसन्न रखने की कला ही संसार में उन्नति करने की कला है।'

6 रास्ते के रोड़े

छोटी मे छोटी दीखने वाली बात को भी छोटा मत समझो ; बाल के कणों से पर्वत और क्षणों मे वर्ष बनते हैं, और छोटी-छोटी बातों से जीवन।

—यग

किसो बड़ी व्यापारिक फर्म ने एक रिक्त स्थान की पूर्ति के लिए अखबारों में विज्ञापन दिया। अनेक अर्ज़ियां आईं। उम्मीदवारों से भेंट करने में आधा दिन गुज़र गया। संचालक का कहना है : "पहले आदमी को इसलिए अस्वीकार कर दिया, क्योंकि वह आंखों से आंखें मिलाकर बात नहीं कर सकता था। दूसरे आदमी के पास कई तगड़े सिफारिशी पत्र थे; उसकी व्यापारिक योग्यता, चरित्र आदि के बारे में कई प्रशंसापत्र उसके पास थे; पर उसने जैसे ही मेरी आंखों की ओर देखा, मैं समझ गया कि हम लोगों में नहीं पटेगी और मैंने उसको अस्वीकार कर दिया। तीसरे व्यक्ति ने जैसे ही कमरे में पैर रखा, मुझे खास दिलचस्पी हुई। उसके कपड़े भद्दे थे, यों फटे तो नहीं थे, पर उसके नाप रे बहुत छोटे थे। उसको अपनी वेशभूषा के बारे में कोई चिन्ता नहीं थी। वह अपना सिर ऊंचा उठाए था और मेरी मेज़ के सामने पहुंचकर उसने सीधे मेरी आंखों की ओर देखा। उसके पास कोई

सिफारिश नहीं थी, पर उसने मुझसे कहा कि मैं अपने काम से आपको संतुष्ट करने का भरसक प्रयत्न करूंगा।' मेरे दिमाग में तुरन्त यह विचार कौंध गया कि यही वह आदमी है जिसकी मुझे खोज थी। उसके पास केवल उसकी साफ, ईमानदार और चमकदार आंखों के सिवा और कोई सिफारिश नहीं थी। पर मेरे लिए इतना ही काफी था। मैंने उसे उसी समय नियुक्त कर लिया और सब से मैंने उसकी योग्यता के कारण उसे ऐसे व्यक्ति से आगे बढ़ा दिया जो तीन वर्ष से मेरे साथ काम कर रहा है। पुराने आदमी ने बहत बुरा माना, पर मैंने अकारण ही ऐसा नहीं किया था। नया प्रादमी इस तरक्क़ी के योग्य सिद्ध हुआ था।"

सभी युवा लोगों को चाहिए कि ऐसी छोटी-मोटी आदतों को छोड़ दें जो उनकी तरक्क़ी के रास्ते में रोड़े बन सकती हैं। हज़ारों योग्य लोगों को किसी विचित्न या भद्दी आदत के कारण तरक्क़ी नहीं मिल पाती।

उन छोटी-मोटी चीजों का हिसाब लगाना वास्तव में दिलचल्प होग। जिससे हमारी सफलता की औसत कम हो गई है। जैसे श्रीमान 'ख' को अपने काम में उन्नति नहीं मिली, इसका एकमात्न कारण है उनका गर्म मिज़ाज। श्रोमान 'क' अवश्य हो उन्नति कर गए होते, यदि वे अपने कपड़ों की ओर ज़रा अधिक ध्यान देते। श्रीमती 'ग' तो अपनो असफलता के लिए केवल अपनी तीखी ज़ुबान और नुक्ताचीनी करने

को अपनी बुरी आदत को ही दोष दे सकती हैं। कुछ लोगों की आदत होती है कि वे बात करते समय हाथ मलते रहते हैं, अंगुलियों से उलझते रहते हैं या जो चीज़ पहुंच के अन्दर हो उसे पकड़ लेते हैं, जिनके बैठने-उठने में भी बेचैनी नज़र आती है, जो व्यंग्य से बोलते हैं, ताने कसते हैं या जो हाज़िरजवाब बनते हैं, पर बदमिज़ाजी से भरे हुए। यह सभी भीतरी घबराहट के लक्षण हैं—आत्मविश्वास की कमी, हीनता की भावना के कारण उत्पन्न घबराहट।

सुई भी तलवार बन सकती है

कुशल उद्योगपति भी रिक्त स्थान की पूर्ति करते समय हरएक आवेदन-पत्र को बड़े ध्यान से पढ़ते हैं। शक्ल-सूरत, पहनावे और चाल-ढाल से ही चरित्र आंकने के मामले में वे पक्के जासूस होते हैं। वे अपनो निगाह के तराज़ू पर आपको बड़ी बारीकी से तोलते हैं और बहुत हद तक आपकी शक्ल-सूरत, बातचीत के ढंग आदि से ही समझ जाते हैं कि आप सफलता के लिए बने हैं या असफलता के लिए, आप फुर्तीले और चुस्त हैं, परिश्रमी हैं, या आलसी, कामचोर और लापरवाह हैं। संकट का सामना करने की सामर्थ्य आपमें है या आप ढोल में पोल के समान सिर्फ बड़बोल हैं।

हमारे बारे में धारणा बनाते समय कभी-कभी बाहर से छोटी दीखने वाली चीज़ें ही लोगों के ध्यान में अधिक आती हैं। यदि आप अपने नियोक्ता से बातचीत करते समय उनके विचार पढ़ सकें तो आप उससे एक उपयोगी सबक सीखगे। परन्तु, दुर्भाग्यवश होता यह है कि आप अपनी असफलता का कारण जाने बिना ही लौट आते हैं। हो सकता है कि आपकी असफलता का कारण बहुत ही छोटा हो, जैसे नज़र से नज़र मिलाकर बात न कर पाना, बात करते समय अपनी अंगुलियों से खेलने या कमीज़ या कोट के कोनों को मरोड़ने की भद्दी आदत या केवल कमीज़ का मला सिकुड़ा कालर, बिखरे बाल या गंदे नाखून, अंगुलियों के बीच में पकड़ी हुई अधजली सिगरेट या ऐसी कोई भी छोटी-सी बात जिससे आपका नियोक्ता एकदम भड़क उठा हो और आपका सारा व्यक्तित्व उसकी आंखों में खटक गया हो। जब आपका सारा भविष्य ही उसपर लटका हो तो इन छोटी बातों को उपेक्षणीय कैसे समझा जा सकता है !

ऐसे नौजवान को, जो चलते समय पैरों को घसीटता हो, सीधा तनकर खड़ा न हो सकता हो, जिसकी ढीली बांहें कन्धों से रस्सी की तरह झूलती रहती हों, उस नियोक्ता से काम पाने की अधिक सम्भावना नहीं रहती जो उम्मीदवारों को सिर से पैर तक देखने और परखने का आदी हो। उम्मीदवार की छोटी

से छोटी बात का भी असर उसकी धारणा पर पड़ता है; पर युवा उम्मीदवार शायद यह नहीं जानता कि झुकी हुई आकृति ढीले सिद्धान्तों का परिचय देती है। शायद वह नहीं जानता कि ऐसी जगह वे नवयुवक पसन्द किए जाते हैं जिनकी चाल-ढाल में चुस्ती हो और जिनके उत्तर साफ हों। इनसे सतर्क और उज्ज्वल व्यक्ति की झलक मिलती है। उद्योगपति सुस्त शरीर और सुस्त दिमाग वाले लोगों को पसन्द नहीं करते। पर उम्मीदवार इन बातों को जानता है या नहीं, इससे नियोक्ता के निश्चय पर कोई असर नहीं पड़ता। वह तो अपनी आंखों से जो देखता है या कानों से जो सुनता है उसी के आधार पर निर्णय देता है।

प्रसन्न मुद्रा, सतर्कता, चुस्ती और स्फूर्ति वे गुण हैं जो बहुत जल्दी सबको आकर्षित करते हैं; सुस्ती या अप्रिय गुणों और आदतों का प्रदर्शन करनेवालों को अपनी बात कहने का मौका भी नहीं दिया जाता।

प्रत्येक मनुष्य स्वयं अपना चलता-फिरता विज्ञापन है—लिखे हुए वर्णन से कहीं अधिक स्पष्ट और प्रभावशाली। उसके विषय में हरएक वात स्वयं ही दुनिया को यह बता देती है कि वह किस किस्म का आएमी है। वह जो कुछ भी कहता या करता है, जो कुछ पहनता है, उसकी हरएक हरकत, सभी कुछ वर्णमाला के अक्षरों के समान हैं, जो उसकी जीवनी

लिखते हैं। वह एक खुली पुस्तक के समान है जिसे हर कोई पढ़ सकता है।

जिस तरह सद्गुणों के लिए किसीकी प्रशंसा की जाती है, उसी प्रकार आवाज़ या व्यवहार में किसी अप्रियता के लिए उसको बुरा भी कहा जा सकता है। हमारे व्यक्तित्व का प्रभाव हरएक पर अलग-अलग पड़ता है। किसीको एक बात बुरी लगती है तो किसीको दूसरी। लोकप्रिय और सफल होने के लिए हर बात में, हर कदम पर सतर्क रहना ज़रूरी है। अपने व्यक्तित्व में किसी प्रकार का खुरदरापन या अप्रियता नहीं होनी चाहिए।

युवा लोगों के लिए, जो जीवन में सफल होना चाहते हैं, नितान्त आवश्यक है कि वे जी-जान से ऐसी आदतों को त्यागने का प्रयत्न करें जिनसे उनके बारे में लोगों की धारणा अच्छी नहीं बनती। जिस तरह अच्छे खिलाड़ी के लिए यह आवश्यक है कि वह अपना सारा फालतू मोटापा छांट दे, व्यक्तित्व को भी उसी तरह बनाना, संवारना और छांटना पड़ता है।

"उसकी प्रावाज असा थी"

किसी स्कूल में अध्यापिका के स्थान के लिए एक अच्छे चरित्र और उच्च योग्यता वाली महिला ने आवेदन-पत्र भेजा।

स्कूल समिति ने उसे स्वीकार नहीं किया, क्योंकि उसकी आवाज कर्कश और कर्णकटु थी। उसके लिए यह रहस्य ही रहा कि निर्णय उसके खिलाफ क्यों किया गया और बेचारी बहुत ही निराश गई। उसको पूरा भरोसा दिलाया गया था कि उसकी नियक्ति में कोई कठिनाई न होगी।

उस विद्यालय के संचालकों ने अपने निर्णय में कहा, "ऐसी आवरज़ से बच्चों को पीड़ित नहीं करना चाहिए।"

'शिक्षकों की आवाज़' नामक शीर्षक के एक सम्पादकीय लेख में कहा गया है : "शिक्षकों की पहली परीक्षा के समय तो उनकी आवाज़ पर विशेष ध्यान देना ही चाहिए, पर हर बार तरक्की देते समय भी आवाज़ के महत्त्व को नहीं भूलना चाहिए। किसी शिक्षक या शिक्षिका ने प्रशिक्षण की दृष्टि से कितनी ही योग्यता क्यों न पाई हो, यदि उसकी आवाज़ सभ्य और सुसंस्कृत नहीं है तो उसे तरक्की देने के बजाय पीछे हटाना चाहिए। यदि वह अपनी आवाज़ को सुधारने से इन्कार करती है तो उसे काम से हटा देना चाहिए।"

न्यूयार्क के एक स्कूल के निरीक्षक डा० नैक्सवेल का कहना है : "सफल शिक्षक के लिए मधुर और नियंत्रित स्वर बहुत महत्त्वपूर्ण है। बच्चों पर कंठस्वर का बहुत असर पड़ता है, पर बड़े लोगों पर भी आवाज़ का असर उतना ही पड़ता है जितना बच्चों पर।"

एक सफल व्यापारी प्रतिवर्ष अनेक कर्मचारियों को नियुक्त करता है, पर उन्हें चुनते समय उनकी शक्ल नहीं देखता। वह अपने कार्यालय में पर्दे के पीछे बैठकर केवल उम्मीदवारों से प्रश्न पूछता है, और उनके कंठस्वर से ही उनके व्यक्तित्व और चरित्र कूतने का प्रयत्न करता है। उसका दावे के साथ कहना है : मैं मनुष्य-स्वर में विश्वास करता हूं। केवल चाल-ढाल या चेहरे का भाव देखकर हम गलती कर सकते हैं, पर कंठस्वर झूठ नहीं बोलता। मैं यह तो कभी सुनता नहीं कि मेरे प्रश्नों का क्या उत्तर मिलता है। मुझे उसकी चिन्ता नहीं। मैं तो केवल आवाज़ सुनना चाहता हूं, और बोलने का ढंग। लोग कहते हैं कि आदमी का चरित्र उसके हाथ की रेखाओं में लिखा जाता है। बकवास ! हाथ की रेखाएं अधिक या कम श्रम के अनुसार या बिलकुल न श्रम करने से बनती हैं। जिस आदमी ने आजीवन हल चलाया हो उसके हाथ की रेखाएं उस व्यक्ति की हस्तरेखाओं से अवश्य ही भिन्न होंगो जिसने केवल कलम चलाई हो। पर आपके कंठस्वर में ईश्वर ने अपना सच्चा चरित्र अंकित कर दिया है। और इसने मुझे कभी नहीं ठगा।"

हो सकता है कि इस कथन में अतिशयोक्ति हो, पर यह स्वीकार करना ही होगा कि आवाज़ से बहुत कुछ पता चलता है, और उसका असर भी हमपर बहुत गहरा पड़ता है। भविष्य

में किसी स्थान के उम्मीदवार की आवाज़ का महत्त्व और बढ़ेगा।

किसी व्यक्ति के लक्ष्य और उद्देश्य कितने ही महान क्यों न हों, उसकी सिफारिशें कितनी ही अच्छी हों, शायद उसकी कोई स्वभावगत विशेषता ऐसी हो जिसका लोगों पर प्रतिकूल प्रभाव पड़ता हो जो उसे अच्छी तरह नहीं जानते।

हम किसीके कितने ही शुभाकांक्षी क्यों न हों, यदि उसकी आवाज़ बेसुरे साज़ की तरह कर्णकटु हो, तो हम उसकी पहुंच के बाहर होने की कामना अवश्य करेंगे। हम चाहे अपनी इस स्वाभाविक प्रतिक्रिया का विरोध करें, पर हम अनायास ही ऐसे व्यक्ति के प्रतिकूल हो जाते हैं जो नज़र से नज़र मिलाकर बात न कर सके, जिसे देखकर लगता हो कि उसमें आत्मसम्मान और आत्मविश्वास का बिलकुल अभाव है। यदि किसीके बोलचाल के ढंग में परेशानी का भाव है, या डरपोकपन झलकता है, या दूसरों को देखकर घबरा जाता हो, मानो उसका कोई अपराध पकड़ा गया हो, या मानो संसार में अपने अस्तित्व पर ही लज्जित हो और दूसरों से क्षमाप्रार्थी हो, तो हम सोचे बिना नहीं रह सकते कि उस व्यक्ति में कोई चारित्रिक कमज़ोरी है जो उसकी उन्नति के मार्ग में सदा बाधक बनेगी।

सच बोलने वाली आंखें

हमारा चरित्र जिन माध्यमों से व्यक्त होता है, उनमें आंखों की भाषा कभी गलती नहीं करती।

मानव-चरित्र के एक चतुर पारखी का, जिसका सैकड़ों लोगों से काम पड़ता है, कहना है कि अपने कर्मचारियों के चुनाव में उसे उनकी आंखों से ही संकेत मिलता है। वह कहता है—मैं उनकी आंखों में ही ईमानदारी या घोखाधड़ी, बुद्धि की चमक या मन्दता, साहस या कायरता देखता हूं। मैं ऐसे व्यक्ति का विश्वास नहीं करता जो अपनी नज़र एक स्थान पर नहीं ठहराता। साफ चमकदार आंखों की सीधी-सच्ची दृष्टि बरबस ही हमारी श्रद्धा और विश्वास जोत लेती है। साफ, उज्ज्वल आंखों से मानसिक व शारीरिक स्वास्थ्य का पता चलता है, और विक्रेताओं की ऐसी आंखें ग्राहकों को आकर्षित करतो हैं।

कहते हैं कि आंखों को झूठ बोलना कोई नहीं सिखा सकता। किसी अपराधी को ले लीजिए। उसको यह डर नहीं होता कि उसकी जुबान उसका भेद बता देगी।उसको इसका भय नहीं होता कि वह अपनी जुबान से अपने दुष्कर्म के बारे में भंडाफोड़ कर देगा। ज़ुबान को वह काबू कर सकता है, पर उसको अपनी आंखों पर इतना विश्वास नहीं हो सकता। उसको

यह भय अवश्य होता है कि उसकी आंखें कहीं उसका भेद न बता दें। वह जानता है कि उसके हृदय का सबसे गुप्त रहस्य भी, आंखों के झरोखों से झांक उठेगा। एक दृष्टि उसके अन्तःकरण में होने वाले उस संघर्ष को उस उथल-पुथल की सारी कहानी सुना देगी। यह जानता है कि वह अपनी अन्य इन्द्रियों के द्वारा, अपने आचरण के द्वारा धोखा दे सकता है, पर उसकी आंखें सदैव सच ही बोलेंगी।

आंखें चरित्र की सूचक हैं। साफ, सीधी और सच्ची दृष्टि व्यक्तित्व को उन्नत करती है। जिनसे आप बातचीत करते हैं उनकी आंखों में सीधा देखिए। निडर आंखें सबका आदर और विश्वास पाती हैं। इस प्रकार की प्रांखें सौ सिफारिशों से अधिक अच्छी हैं।

बातचीत

परिचितों से बातचीत करते समय हम अक्सर अनजाने ही अपना सच्चा रूप प्रकट कर देते हैं। एक अन्य प्रौद्योगिक संस्था के अध्यक्ष का कहना है कि वे अपने कर्मचारियों का चुनाव करते समय बातचीत को ही प्रधान महत्त्व देते हैं। इस कारण वे उन्हें भोजन या चाय का निमंत्रण देकर, बातचीत के द्वारा उन्हें परखने की चेष्टा करते हैं। उनका कहना है कि

'इंटरव्यू' के समय वे सतर्क रहते हैं, और अपने व्यक्तित्व का सबसे प्रिय पक्ष ही प्रस्तुत करने का प्रयत्न करते हैं इसके अलावा वे सिफारिशों से लैस होकर आते हैं। पर उन्हें भोजन या चाय का निमंत्रण देकर बेतकल्लुफी से मिलिए। जब वे बिना झिझक के या बिना किसी आडम्बर के सहज भाव से बातचीत करेंगे और तभी आप उन्हें ठीक-ठीक परख पाएंगे। कार्यालय में औपचारिक ढंग से की हुई भेंट में कितने ही सवाल-जवाब किए जाएं, उम्मीदवार के व्यक्तित्व और चरित्र का सही मूल्यांकन नहीं हो सकता।

अनुभवी व्यक्ति से बातचीत करते समय उसे यह बताने की आवश्यकता नहीं है कि आपने कौन-कौन-सी पुस्तकें पढ़ी हैं, या आप किन-किनसे मिलते हैं। वह तो आपकी बातचीत से ही समझ जाएगा कि आप कितने पानी में हैं। 'आपकी बातचीत ही आपकी सच्ची तस्वीर है।' आपका बोला हुआ हरएक वाक्य आपके विषय में सूचना देता है। उसीसे पता चलेगा कि आपके मिलने-ज़ुलने वाले असभ्य और अशिक्षित हैं, या सभ्य व शिक्षित।

अविचारपूर्ण बातचीत, व्याकरण की दृष्टि से गलत भाषा और बीच-बीच में गंवारू शब्दों का प्रयोग—ये सब आपके विरोधी गवाह होंगे, यदि आप किसी ऊंचे पद के लिए उम्मीदवार हों। यदि आप अपने व्यावसायिक और

सामाजिक जीवन में सफलता को खतरे में न डालना चाहते हों, तो इन सभी अभावों को, सभी कमज़ोरियों को दूर करना होगा। यह सच है कि ज़ुबान हृदय के भावों को भाषा देती है। यदि आपकी बातचीत में गंवारूपन, अश्लीलता या हल्कापन हो, तो आपको उसी कोटि के लोगों में गिना जाएगा। यदि आप अपरिष्कृत और अशिष्ट भाषा का व्यवहार करेंगे, तो आपसे बातचीत करने वाले के समक्ष आपका चरित्र और आपकी शिक्षादीक्षा इतनी स्पष्ट हो उठेगी, मानो आपके माथे पर लेबल चिपका दिया गया हो। यदि आप अपनी वाक्य-रचना के प्रति लापरवाह हैं, या आपका उच्चारण अशुद्ध है, यदि आपकी बातचीत पर संस्कृति की छाप नहीं है, तो शिक्षित और सुसंस्कृत वर्ग आपकी ओर ध्यान नहीं देगा। ऐसे व्यक्ति, जो आपकी सहायता कर सकते हैं, आपसे मिलने-जुलने की इच्छा भी नहीं रखेंगे।

आपकी व्यक्तिगत पूंजी

युवा लोग यदि जीवन में सफल होना चाहते हैं तो समय-समय पर उन्हें निरपेक्ष भाव से अपने गुणों और अपनी बुराइयों का लेखा-जोखा लेना चाहिए। इस प्रकार उन्हें पता लग सकेगा कि उनके अन्दर कोई ऐसी आदत या स्वभाव-

वैचित्र्य तो नहीं है जिसके कारण उनकी तरक्की रुक गई हो। यदि इस आत्मपरीक्षा के परिणाम-स्वरूप उन्हें अपने व्यक्तित्व में किसी ऐसे दोष का पता लगे जिसे सुधारना उनके हाथ में है, और उसके बाद भी उस दोष को दूर करने का प्रयत्न नहीं करते, तो आगे चलकर अपनी असफलता पर पछताने से कोई लाभ नहीं होगा। तब यह सोचकर पछताना कि 'हम भी सफल हो सकते थे' निष्फल होगा। 'अब पछताए होत क्या जब चिड़िया चुग गईं खेत।'

यह तो रोज़ ही हम देखते हैं कि सुयोग्य, सुशिक्षित और स्वस्थ युवक किसी चारित्रिक या व्यक्तित्व-सम्बन्धी दोष के कारण ही आगे नहीं बढ़ पाए। किसीके बारे में बुरी धारणा को बनते देर नहीं लगती, पर उसको मिटाना बहुत कठिन होता है। मधुर व्यवहार और सौम्य व्यक्तित्व वाला व्यक्ति अपने इन गुणों से ही अपने लिए रास्ता बनाता हुआ आगे बढ़ जाता है। और ऐसे लोग दौड़ में पीछे रह जाते हैं, जिनमें योग्यता तो बहुत होती है पर शिष्टाचार की कमी होती है।

यह कोई नहीं मानता कि केवल अच्छी प्राकृति या अच्छा व्यक्तित्व किसीको ऊंचा पद दिला सकता है। पहली बुरी धारणा को बदलना आसान नहीं होता। कुछ हद तक बदल भी सकें, पर उसे पूरे तौर से बदलना सम्भव नहीं है। इस कठिन प्रतियोगिता के युग में मौका पाना बहुत कठिन हो

गया है। अच्छा व्यक्तित्व मौका दिलाने में बहुत सहायक हो सकता है, इस कारण आकर्षक व्यक्तित्व के विकास के लिए प्रयत्नशील होना चाहिए।

आपकी प्राकृति, प्राचार-व्यवहार, आदतें, पहनावा शोरूम के समान हैं जो देखने वाले को बताता है कि अन्दर क्या है। दुनिया को इससे कोई वास्ता नहीं कि आपको बैंक में कितनी पूंजी जमा है, आपके घर में कितनी सम्पत्ति है या आप कितनी ज़मीन-जायदाद के मालिक हैं। आपका व्यक्तित्व, आपका व्यवहार ही लोग देखते हैं और उसीसे आपका मूल्य आंकते हैं। आपके जीवन के अन्दर झांककर देखने वाले या आपके सच्चे गुणों को जानने वाले लोग इने-गिने होते हैं। जो आपके आत्मीय हैं, शायद यह जानते हों कि आप उस हीरे के टुकड़े के समान हैं जो खराद पर नहीं चढ़ा। वे जानते हों कि आपमें सच्ची चमक है, खरापन है जो सारे दुर्गुणों और दोषों को ढक देता है, पर दुनिया तो इस हीरे के टुकड़े और पत्थर के टुकड़े में कोई अन्तर नहीं पाती। नकली हीरे की अंगूठी, खूबसूरती से जड़कर मखमल की डिबिया में सजाकर रखी गई हो, चमक-दमक में उस असली हीरे के टुकड़े से कहीं बढ़-चढ़कर होगी जो साफ भी न किया गया हो। यह तो कोई कुशल जौहरी ही परख सकेगा कि कौन असलो है और कौन नकली।

जीवन की कड़ियां

अपने लिए कार्यक्षेत्र का निश्चय करते समय अपने व्यक्तित्व का अध्ययन करना न भूलें। आप कोई भी धन्धा, कोई भी व्यवसाय चुनें, अच्छा व्यक्तित्व सदैव ही आपकी उन्नति में सहायक होगा। इस कारण यह आवश्यक है कि अपनी जीवन-यात्रा में सारे गड्ढों और खाइयों से बचें। आज की जबर्दस्त प्रतियोगिता और कशमकश के युग में अच्छे व्यक्तित्व और ऊंची योग्यता वाले ही अवसर खो बैठते हैं; फिर ऐसे व्यक्ति से, जिसमें छोटी-मोटी खामियां भरी हों, क्या आशा की जा सकती है ? क्या आप यह चाहेंगे कि ज़रा-सी भूल या छोटे-से दोष के कारण आपकी तरक्की रुक जाए? विशेषकर जब उसका प्रतिकार आपके हाथ में है ?

शायद आपका खयाल होगा कि बड़े लोग, जो बहुत बड़ी समस्याओं में उलझे रहते हैं, इन ज़रा-ज़रा-सी बातों की ओर कहां ध्यान देते होंगे ! यह आपकी भ्रांति है। ऐसे लोग मानव-चरित्र के अच्छे पारखी होते हैं, और ज़्यादा सम्भावना इसी बात की है कि वे उन छोटी-छोटी बातों से ही आपको परखेंगे जिन्हें आप नगण्य समझे बैठे हैं। शायद आप अब भी यही कहें कि ऐसा हो ही नहीं सकता। बड़े-बड़े उद्योगपतियों को इतना अवकाश कहां कि वे इन तुच्छ बातों की ओर ध्यान भी दं। यही

तो आपकी भूल है। दीर्घ अनुभव ने उन्हें सिखाया है कि छोटी बातों से ही बड़ी बातों का पता चलता है। मुख्य बातों की ओर तो सभी ध्यान देते हैं पर व्यवहार-कुशल व्यक्ति यह जानता है कि जो व्यक्ति छोटी और नगण्य दीखने वाली बातों को ओर ध्यान देता है, वह मुख्य बातों की ओर अवश्य ध्यान देगा।

तुच्छ लगने वाली बातों का महत्व हमारे जीवन में अनुपात से कहां अधिक बड़ा होता है। छोटी-छोटी बातें ही जीवन-लड़ी के मोती हैं। एक भी मोती छोटा-बड़ा हो, भद्दा हो या टूटा हो तो पूरी माला की सारी खूबसूरती बिगड़ जाती है।

बड़ी-बड़ी बातें, नाटकीय घटनाएं या संकटकालीन स्थिति हरएक के जीवन में बार-बार नहीं आतीं। छोटी-छोटी बातों से ही, नन्ही-नन्ही बूंदों से ही जीवन की धारा बनती है। तो, चरित्र को प्रमुख बात नहीं, दैनिक आचरण की ये ज़रा-ज़रा-सी बातें ही व्यक्तित्व का आकर्षण बढ़ाती या घटाती हैं। चरित्र के बड़े दुर्गुण या दोष नहीं, कुछ बुरी लगने वाली साधारण आदतें, अप्रिय व्यवहार सारे व्यक्तित्व को बिगाड़ देता है।

7. लज्जा या संकोच

अपना हृदय खोल दो, इच्छाओं को फैलने दो और पुरुषत्व का स्वागत करो। प्रसन्नता को आने दो; शून्य से परमात्मा तक विचारों के अनन्त नाटक के परदे उठते चले जाने दो—यही आदमी की सच्ची ज़िन्दगी है।

—यंग

दूसरों को प्रिय लगने वाले व्यक्तित्व में झिझक या संकोच नहीं होना चाहिए। जो व्यक्ति हर क्षण अपने विषय में सोचता है या जिसे दूसरों से बातचीत करते समय भी यही चिन्ता सताया करती है कि 'मैं कैसा लगता हूं, दूसरों पर मेरी बातचीत का कैसा प्रभाव पड़ रहा है, मेरे बारे में इनकी क्या राय बन रही है। ?'—ऐसा व्यक्ति अपनी प्रतिभा या योग्यता का अच्छा उपयोग नहीं कर सकता।

शर्मीला, संकोची स्वभाव सफलता के मार्ग का बाधक है। कक्षा में, कार्यालय में, ड्राइंगरूम में या मंच पर—संकोची-लजीला युवक पीछे रह जाता है।

विचित्र बात तो यह है कि शर्मीले व्यक्ति, जो अभद्रता से चिढ़ते हैं, उनके आवरण पर अभद्रता की छाप होती है ! जहां वे नम्र और शिष्ट होना चाहते हैं, वहां उनका व्यवहार भद्दा और गंवारू हो जाता है। जहां शिष्टाचार और उनकी

अपनी भलाई दोनों उनके बोलने में हों, वहां उनकी ज़ुबान पर ताला पड़ जाता है। प्रसिद्ध लेखक हाथान बड़े शर्मीले स्वभाव का था। राह चलते कोई उसे पहचानता तो वह चट अपनी पीठ मोड़ लेता और इस भय से कि कोई परिचित रास्ते में न मिल जाए, वह चलते समय अपनी नज़र भूमि पर गड़ाए रहता था। उसे अपनी इस कमज़ोरी से ज़्यादा चिढ़ थी, पर वह लाचार था। उसने एक बार इस विषय में लिखा भी था कि "ईश्वर चाहे पाप को क्षमा कर दे, पर इस भद्दे व्यवहार के लिए दोनों लोकों में क्षमा नहीं है।"

सफलता और सुख का शत्रु

अत्यधिक शर्मीले लोगों में आत्मविश्वास की कमी होती है, उन्हें अपनो योग्यता पर भरोसा नहीं होता। उनको मौलिकता दबी रहती है, उनकी कायरता उनके गुणों पर हावी हो जाती है। उन्हें इस बात का डर रहता है कि कहीं दूसरों का ध्यान उनकी ओर न खिंचे, इस कारण वे सबकी नज़रों से बचकर रहना चाहते हैं। उनकी सारी प्रकृति दबी-दबी-सी रहती है, उसे अभिव्यक्ति नहीं मिलती और इस लजोले स्वभाव के द्वारा दमन के कारण उसका विकास नहीं हो पाता।

स्कूलों में आपको ऐसे लड़के-लड़कियां बहुत मिलेंगे जो कक्षा में पूछे गए उत्तर देते समय या पाठ सुनाने के खयाल से ही घबराते हैं। कक्षा में उनके सहपाठियों और शिक्षक के अतिरिक्त और कोई नहीं होता, फिर भी उनकी झिझक, उनका भय दूर नहीं होता।

इस कोटि के विद्यार्थी स्कूलों और कालेजों के वाद-विवाद या अन्य प्रतियोगिताओं में भाग नहीं लेते। ऐसे प्रोग्रामों में हिस्सा लिए बिना ही वे अपनी सारी पढ़ाई खत्म कर डालते हैं। ऐसे अन्तर्मुखी लोगों के लिए यह और भी आवश्यक है कि वे ऐसे कार्यक्रमों में भाग लें।

अति भावुक युवा लोगों के सिर पर एक तलवार सदा लटकी रहतो है कि दूसरे उनके विषय में क्या सोंचेंगे। यह चिन्ता उन्हें रात-दिन खाए जाती है; और इसी भय से वे अपने व्यक्तित्व को, स्वाभाविक गुणों को सिमटाकर दबा रखते हैं कि उसपर किसीकी नज़र न पड़े। वे हमेशा अच्छे मौके की प्रतीक्षा में ही रहते हैं और इस प्रकार वे बराबर ऐसे मौके खोते रहते हैं जो उनके आत्मविश्वास को बढ़ाने में सहायक होते हैं।

अभिनेताओं, वक्ताओं, गायकों और धर्मोपदेशकों के लिए तो यह झिझक घोर शत्रु के समान है। कितने ही नौजवान इन क्षेत्रों में सफल हुए होते, यदि मूक शत्रु ने उनके कदम न

जकड़ लिए होते।

जो लोग कई महत्त्वपूर्ण काम करना चाहते हैं, उन्हें अपनी सारी शक्ति, सारा सामर्थ्य उसमें लगा देना चाहिए। पर आलोचना से डरने वाला व्यक्ति ऐसा नहीं कर सकता। इस प्रकार की आत्मचेतना ने अनेक युवकों और युवतियों की सफलता की संभावना को कम कर दिया है।

शर्मीले लोगों को तो कभी वह सफलता नहीं मिलती जो उन्हें मिलनी चाहिए। वे सदैव अपने चारों ओर अलगाव को ऐसी अभेद्य चादरें-सी लपेटे रहते हैं कि कोई उनके निकट तक नहीं पहुंच सकता। वे लाख भले हों, उनमें लाख गुण हों, जब वे किसीसे मिलना ही नहीं चाहते, तो लोगों के ही पास इतना समय कहां कि वे उनके पीछे पड़े रहें। ऐसे लोग सदा सबसे अलग रहते हैं, भीड़-भाड़ में भी उन्हें एकांत की खोज होती है। यह न समझिए कि बेचारे शर्मीले स्वभाव के लोग वास्तव में गुणों से खाली होते हैं। यदि वे अपनी झिझक पर विजय पा सकें तो उनमें लोकप्रिय होने की पूरी योग्यता आप पाएंगे। दुःख तो यही है कि मुखर लोग, जो बातचीत की कला जानते हैं और जिनमें आत्मविश्वास अधिक होता है, अधिक योग्य न होते हुए भी बाज़ी मार ले जाते हैं।

केवल यही नहीं, ऐसे शर्मीले लोग ज़िम्मेदारियों से भी बचने की कोशिश करते हैं और इस प्रकार उन्नति और विकास

के मार्ग को ही बन्द कर देते हैं। वे किसी उत्तरदायित्वपूर्ण पद को संभालने या किसी समिति का सदस्य बनने से इसलिए हिचकिचाते हैं कि कहीं उन्हें भरी सभा में भाषण न देना पड़े, या सभापतित्व न करना हो। वे अकेला रहना चाहते हैं। वे चाहे जहां भी हों या जो भी करें, अपने परिवार या घनिष्ठ मित्रों को छोड़कर अन्य किसाकी संगति में अपने बारे में ही चिन्ता करने से ही नहीं बच सकते। धीरे-धीरे यह एक मानसिक रोग बन जाता है। इससे ऐसे विकारग्रस्त मन का पता चलता है जो अन्य किसी काम का नहीं रह गया है। काम में मन नहीं लग पाता, क्योंकि अपने-आपपर ही ध्यान केन्द्रित करने की आदत पड़ जाती है।

जो व्यक्ति दिन-रात इसी चिन्ता में घुलता रहता है कि लोग उसकी शक्ल-सूरत, उसके कपड़ों और उसके व्यक्तित्व के बारे में क्या सोचते होंगे, वह चाहे कितनी ही ऊंची योग्यता रखता हो, किसी भी काम में सफल नहीं हो सकता।

अपने में दोष निकालने, आत्मभर्त्सना, आत्मविश्लेषण और अपनी बातों में ही दोष ढूंढ़ने की आदत शर्मीले स्वभाव की साक्षी है। ऐसे लोग भी होते हैं जो अपनी भर्त्सना स्वयं ही करते रहते हैं और इस कारण इतने दुःखी रहते हैं कि न उन्हें संसार में कोई सौन्दर्य दिखाई देता है, और न जीने में ही रस आता है।

संकोच को कैसे त्यागें?

संकोच या शर्म भी, जीवन की कई अन्य बुराइयों की तरह, कल्पना की उपज है। जब कोई यह मान बैठता है कि सारी दुनिया के कान उसीकी बात सुन रहे हैं, तो उसका परिणाम होता है, शर्म या झिझक। वह समझता है कि लोग उसका मज़ाक बनाते हैं, उसके भद्देपन की आलोचना करते हैं, उसकी चाल-ढाल की कुरूपता पर आश्चर्य प्रकट करते हैं। वह समझता है कि सड़क पर जाते समय भी लोगों की निगाहें उसीपर जमी रहती हैं।

अपने में डूबे रहने की यह आदत वास्तव में संकीर्ण दृष्टि है। यदि आपमें इसकी छाया-मात्र भी हो तो उसे तुरन्त दूर कीजिए। बिना बिलम्ब किए अपनी उन्नति के इस सबसे बड़े अवरोध को दूर कीजिए। कल पर मत टालिए। इसी क्षण आरम्भ कर दीजिए। लोगों से बचने के बजाय गोष्ठियों में, समाज में घुसने की कोशिश कीजिए और उत्तरदायित्व लेने का कोई अवसर हाथ से न जाने दीजिए। दूसरों से मिलने-जुलने में आपको कितना ही संकोच क्यों न हो, किसी जलसे या समारोह में एकान्त कोना न ढूंढ़िए। भीड़ के बीच में घुसकर, बेधड़क होकर बोलिए-चालिए। आपका यह खयाल कि लोग आप ही को देखते रहते हैं, गलत है। हां, यदि आप सिर के बल खड़े हों

तो किसी चलते-फिरते की नज़र आपपर पड़ जाए। पर साधारण लोगों की तरह अपने दोनों पैरों पर खड़े होइए, साधारण लोगों की तरह व्यवहार कीजिए, फिर तो आपको यह जानकर आश्चर्य होगा कि अधिकांश को यह भी नहीं मालूम कि आप कमरे में थे या नहीं।

सिडनी स्मिथ का कहना है कि "मैं पहले बहुत शर्मीला था। पर मुझे शीघ्र ही पता चल गया कि सारी मानव जाति मेरे ऊपर ही दृष्टि गड़ाए नहीं बैठी है, और दूसरे यह कि पाखंड से बात नहीं बनेगी। दुनिया जल्दी ही लोगों का असली रूप पहचान लेती है। इस सत्य के ज्ञान से मेरा इलाज हो गया।"

संकोच और शर्म का इलाज युवावस्था में ही होना चाहिए। यदि आरम्भ में ही उसकी ओर ध्यान न दिया गया तो आगे चलकर जब उसकी जड़ें गहरी हो जाएंगी, तो वह उस समय पहाड़ के समान आपका रास्ता रोकेगी जबकि आपको पूरी शक्ति के साथ आगे बढ़ने की ज़रूरत है। जो व्यक्ति जीवन में अपनी भूमिका भली भांति अदा करना चाहता है वह कभी यह नहीं चाहेगा कि इस आदत का शिकार बना रहे।

शुरू-शुरू में अपने को अलग रखने की प्रवृति को रोकने या दबाने की चेष्टा आपको कठिन ही नहीं, दुःखदायी भी जान पड़ेगी। पर आपकी प्रत्येक प्रगति आपको पूर्ण विजय को सुलभ

बनाती रहेगी। थोड़े ही दिनों में आप जान जाएंगे कि लोगों को इस बात में कोई दिलचस्पी नहीं है कि आप क्या करते हैं या क्या सोचते हैं। और जो काम पहले आपको इतने कठिन जान पड़ते थे, वे आसान हो जाएंगे।

आपके संकोच और झिझक की जड़ें चाहे जितनी गहरी हों, आपका रोग चाहे जितना पुराना हो, दो चीज़ें आपकी सहायता कर सकती हैं और आप अपने संकोची स्वभाव पर विजय पा सकते हैं। पहली बात तो यह है कि अपनी आत्मा को ईश्वर का अंश मानकर उसका आदर करना सीखिए, अपनी शक्ति और उसकी गरिमा को पहचानिए।

यदि आप यह समझ सकें, अपने को यह विश्वास दिला सकें कि औरों की तरह आप भी उसी ईश्वर की सृष्टि हैं, आपमें भी वे ही गुण हैं जो औरों में हैं, तो आपकी हीन भावना अवश्य कम हो जाएगी। दूसरी बात यह है कि आप पक्का इरादा कर लें कि आप इसकी ज़रा भी चिन्ता नहीं करेंगे कि लोग आपके बारे में क्या सोचते या कहते हैं। दृढ़ निश्चय, पक्का संकल्प मन की अनेक कमज़ोरियों को दूर कर सकता है।

बेथ क्राफ्ट का कायाकल्प

'बेथ क्राफ्ट का संकोच' नामक शीर्षक की ज़ोना गेल की एक कहानी में एक किशोरी का चरित्र-चित्रण है, जो पहले अटपटी, संकोची और दुःखी थी। कहानी में बताया गया है कि कैसे उसकी कायापलट हुई, और वह एक आकर्षक और आत्मनिर्भर युवती बन गई जिसे न तो नये लोगों से मिलने-जुलने में संकोच होता था और न किसी नई गोष्ठी में उठने-बैठने में।

उसकी करुण दशा देखकर उसकी एक सहेली ने उसे बताया कि उसके अन्दर भी कितने आकर्षक गुण भरे पड़े हैं जिनकी ओर ध्यान ही नहीं दिया था। कारण केवल यही था कि बेथ के अपने शर्मीले स्वभाव और हीन भावना ने उसे कमज़ोर बना दिया था। गुण तो दब गए थे, केवल कमज़ोरियां उभर आई थीं, जिससे उसका सारा भविष्य ही खतरे में पड़ गया था। बेथ की सहेली ने जो राय उसे दी थी, वह मैं उन सभीके आगे दोहराना चाहूंगा जो अपनी हीन भावना के कारण उत्पन्न लज्जा से पीड़ित हैं। उसने कहा था—किसीसे मिलते समय यह सोचो कि वह भी तुम्हारी तरह ही साधारण मनुष्य है। सभी लोग निर्णायकों की कुर्सी पर नहीं बैठ हैं। सदा इस बात की चिन्ता मत करो कि तुम्हारे बारे में उनकी अच्छी धारणा बनेगी या नहीं।

आपकी शिक्षा-दीक्षा कितनी ही उच्च क्यों न हो, आपकी प्रकृति कितनी ही दयालु हो, आपका चरित्र कितना ही ऊंचा हो, यदि आप निरन्तर अपने विषय में और दूसरे आपके विषय में क्या सोचते हैं, इसकी चिन्ता में रत रहते हों तो आप अपनी सारी शक्ति और प्रभाव खो बैठेंगे,और साथ ही अवसर भी। घबराहट के कारण अटपटे व्यवहार और लजीले स्वभाव के उच्च शिक्षित आचार्य की अपेक्षा स्वाभाविक, संवेदनशील प्रकृति और सहज स्वाभाविक आचार-व्यवहार वाले मज़दूर या धोबी का व्यक्तित्व कहीं अधिक आकर्षक है।

एक महिला कहती है कि "मेरी वृद्ध मौसी, जिसने मुझे पाला-पोसा, थी तो साधारण स्त्री जो तन्दूर में रोटियां पकाती थी और सिर पर टोकरी रखकर बाज़ार से साग-भाजी लेने जाया करती थी, पर देखने में ऐसी लगती थी मानो रानी हो, बातचीत में, आचार व्यवहार में उसका जोड़ नहीं था। वह कभी अपने बारे में नहीं सोचती थी। रानियों जैसी उसकी चाल और मुखमुद्रा बनावटी नहीं थी। वास्तव में उसका वर्णन करना कठिन है। वह सदा सादा ज़िन्दगी बिताती थी और प्रतिदिन के काम का बोझ संभालती थी। पर दूसरों के लिए इतना बड़ा सहारा थी, उसकी प्रकृति में इतनी कोमलता थी, इतनी संस्कृति और सहानुभूति थी मानो वह कालेज की उच्चशिक्षा

प्राप्त स्त्री हो। वह थी तो निरक्षर, पर उसका ढंग ऐसा था मानो वह राजवंश की हो। बाद में मैं उच्चशिक्षा-प्राप्त और कई भाषाओं पर अधिकार रखने वाली अभिजातवर्ग की ऐसी अनेक स्त्रियों के संपर्क में आई, पर जो स्वाभाविक गरिमा, सौम्यता और आकर्षण मैंने अपनी मौसी में पाया था वह किसी और में नहीं मिला।"

अपने बारे में ही सोचते रहने की आदत छोड़ दीजिए। शर्म को जीतने का यही भेद है। यह न समझिए कि आप जितनी बार मुंह खोलते हैं, आपसे यही अपेक्षा की जाती है कि आप कोई असाधारण चतुराई की बात कहेंगे, या कोई मज़ेदार चुटकुला सुनाएंगे। प्रसिद्ध वक्ता या हाज़िरजवाब लोगों की संख्या अपेक्षाकृत कम ही होती है, और वे सदा मिलनसार और मित्रतापूर्ण भी नहीं होते। ज़्यादातर लोग, जिनसे आप रोज़ मिलते-जुलते हैं, जिनके साथ उठते-बैठते हैं, आपके जैसे साधारण साथी ही हैं और उनपर अपनी प्रतिभा और चतुराई का सिक्का जमाने को विशेष उत्सुकता की कोई आवश्यकता नहीं है। आप जैसे हैं वैसे ही बने रहिए, अपना व्यक्तित्व बनाए रखिए, जिसपर आपकी अपनी स्पष्ट छाप है। आकर्षक व्यक्तित्व का यह एकमात्र रहस्य है।

8. सम्मोहन शक्ति

स्नेहशीलता, संवेदनशीलता, उदारता, दूसरों की सहायता करने की तत्परता, भद्रता और सबके कल्याण की हार्दिक इच्छा ही व्यक्तित्व में सम्मोहन शक्ति पैदा करती है।

—इमर्सन

व्यक्तित्व में ऐसा भी कुछ होता है जो फोटोग्राफर की पकड़ में नहीं आ पाता, या जिसे चित्रकार अंकित नहीं कर सकता, या जिसे मूर्तिकार नहीं गढ़ सकता। यह सूक्ष्म वस्तु, जिसका अनुभव तो सब करते हैं पर जिसका वर्णन नहीं किया जा सकता, व्यक्ति की सम्मोहन शक्ति है। जिसमें यह शक्ति है वह परम सौभाग्यशाली है, क्योंकि उसका सुख और सफलता से बहुत निकट का सम्बन्ध है।

एक विश्वविद्यालय के अध्यक्ष ने किसी विख्यात महिला के बारे में कहा था, "छात्रा के रूप में वह जीवन और आनन्द का केन्द्र थी।" उसके व्यक्तित्व में ऐसी विशेषता थी कि जो कोई भी उसके सम्पर्क में आता था, उसकी सम्मोहन शक्ति से मंत्रमुग्ध-सा हो जाता था। व्यक्तित्व की इस शक्ति के कारण ही कम अवस्था में ही उसे असाधारण सफलता मिली।

लिंकन जैसे लोगों में ऐसी ही कोई अवर्णनीय शक्ति रही होगी, तभी तो आज भी उनका नाम लेते ही लोग उत्साह से भरकर तालियां बजा उठते हैं। जननायकों में यह गुण होता है—किसी में कम, किसी में अधिक। इसके विपरीत ऐसे भी महान नेता होते हैं, जो अपनी असाधारण योग्यता और शक्ति के बावजूद लोकमानस को इस प्रकार स्पर्श नहीं कर सकते।

यदि हमारे पास इसको मापने का कोई सूक्ष्म यंत्न होता तो हम केवल इसका ही पता नहीं लगा सकते कि किसी व्यक्ति की उपस्थिति-मात्न से ही कैसा वातावरण बनता है, हम स्कूल के बच्चों और युवा मित्नों का भविष्य कैसा होगा, यह भी जान सकते। भविष्य में उनकी कैसी स्थिति होगी, वह सफलता को किस श्रेणो तक पहुंचेंगे, इसका अनुमान करते समय हम अक्सर केवल उनकी योग्यता को ही ध्यान में रखते हैं। यह भूल जाते हैं कि उनके व्यक्तित्व का प्रभाव या उनकी आकर्षण शक्ति उनकी सफलता के लिए सबसे बड़ी पूंजो है। यह नहीं भूलना चाहिए कि किसीकी उन्नति में उसके व्यक्तिगत गुणों का उतना ही बड़ा हाथ होगा जितना उसकी दिमागी ताकत या उच्च शिक्षा का।

गरीब, असमर्थ युवक और युवतियां, जिन्हें जीवन-यात्ना के लिए यथेष्ट सम्बल नहीं मिलता, अक्सर सम्पन्न और अपने

अधिक भाग्यवान साथियों के प्रति ईर्ष्या का अनुभव करते हैं। पर अपने को गरीब समझने वाले अनेक युवा लोगों के पास ऐसी पूंजी होती है जो धन-सम्मत्ति से बढ़-चढ़कर है—वह है उनके व्यक्तित्व की शक्ति। आकर्षक, मोहक व्यक्तित्व वाले स्त्री-पुरुषों की चाह सभी जगह होती है। उनका प्रत्येक घर में स्वागत होता है। धन की पूंजी न होने पर भी व्यवसाय या व्यापार में इनके सफल होने की संभावना उनकी अपेक्षा कहीं अधिक है, जिसके पास रुपया-पैसा तो बहुत है पर इस मोहिनी शक्ति का अभाव है।

इस बात की बहुत चर्चा है कि बड़े-बड़े पूंजीपतियों ने मिलकर उन युवकों के लिए उद्योग और व्यापार का क्षेत्र बन्द कर दिया है जिनके पास पर्याप्त धन नहीं है। पर वह कहना बिलकुल गलत है, खास तौर से इस ज़माने में। मैं ऐसे कितने ही नौजवानों को जानता हूं कि जिनका एकमात्र सम्बल उनका अपना चरित्र, योग्यता और साफ, मोहक व्यक्तित्व है और जिनको आशातीत सफलता भी भी मिलती है।

दो नौजवानों ने पांच रुपये की पूंजी से अपना कारोबार शुरू किया था और कुछ ही वर्षों में लखपती बन गए। उनके पास न तो बड़ी पूंजी थी और न किसी बड़े पूंजीपति का सहारा। पर काम में, दूसरों के साथ व्यवहार में, वे इतने खरे थे कि लोग उनका विश्वास करते थे और उन्होंने यह सिद्ध कर दिया कि वे

इस विश्वास के योग्य हैं।

पर ऐसे नवयुवक को ले लीजिए जो है तो खरा और ईमानदार, पर उसकी बातचीत का तरीका, उसका सलीका कुछ ऐसा है कि उसके विषय में पहली धारणा अच्छी नहीं बनती। लोगों को इतना अवकाश कहां कि वे हरएक को परखकर देखें। पहली भेंट में अच्छी धारणा न बना सकने के कारण वह नौजवान आगे नहीं बढ़ सकता। पर यह देखकर आश्चर्य होता है कि भद्र, सभ्य और सच्चे दीखने वाले व्यक्ति का बैंक, दुकानदार, दूसरे लोग सभी किस तरह विश्वास कर लेते हैं!

हृदय को खोलने का यन्त्र

अच्छे मधुर व्यवहार में अतिरिक्त व्यक्ति की आकर्षक आकृति, अच्छी वेशभूषा आदि में वह मन्त्र है जो सारे बन्द द्वार खोल देता है। ऐसे व्यक्तियों से, जिनमें चुम्बक की सी आकर्षक शक्ति होती है, किसी भी बात में 'न' नहीं की जा सकती। इस चुम्बक शक्ति में ऐसे हृदयों के बन्द कपाट को भी खोलने की ताकत होती है जो साधारणतया दूसरों के लिए नहीं खुलते। और यही चुम्बक शक्ति कई लोगों की सफलता का रहस्य है।

विक्रेताओं के लिए तो यह गुण एक अनमोल निधि है। मैं एक ऐसे विक्रेता को जानता हूं जिससे बिना कुछ खरीदे लौट आना असम्भव है। उनकी बातचीत का ढंग इतना आकर्षक है, व्यवहार में इतना माधुर्य है कि उससे अनायास ही आत्मीयता-सी हो जाती है। वह आपके जीवन में प्रवेश कर जाता है, घुल-मिल जाता है, मानो वह आपका पुराना मित्र हो। आप उसका माल खरीदने पर अपने को विवश-सा पाते हैं और साथ ही उसका एहसान मानते हैं कि उसने आपको जो चीज़ नहीं भी चाहिए थी, वह भी खरीदवा दी।

दिन-प्रतिदिन के जीवन में इस प्रकार के आकर्षक और प्रभावशाली व्यक्तित्व के जादू का अनुभव हम हर क्षण करते हैं।

एक फल बेचने वाले लड़के ने रेलगाड़ी के यात्री से फल खरीदने का अनुरोध किया। यात्री ने मना कर दिया। पर लड़का अपना टोकरा उठाकर उसकी नाक के पास तक ले आया। रंग-बिरंगे फलों की सुगन्ध और लड़के के अनुरोधपूर्ण स्वर ने उसे फल खरीदने पर विवश कर दिया। वास्तव में यात्री को उस समय फलों को आवश्यकता नहीं था, पर वह लड़क को मना करने से भी अपने को नहीं रोक सका।

आपके पास किताबों या पत्र-पत्रिकाओं वाला ही आ जाता है। आप शायद काम में व्यस्त हैं, उससे बात करने की

इच्छा नहीं है, पर उसकी बातचीत इतनी आकर्षक है, व्यवहार इतना मधुर है कि कुछ ही क्षणों में वह आप पर हावी हो जाता है, और जाने के पहले किसी न किसी पत्रिका का आर्डर लेकर ही जाता है।

बीमा एजेण्ट, व्यापारी आदि इस गुण का मूल्य समझते हैं। दुनियादारी में चतुर, पक्के हिसाबी-किताबी लोग भी उसके आकर्षण के पाश से नहीं बच सकते। धर्मोपदेशक, राजनीतिज्ञ, न्यायाधीश, सभी अचेतन रूप से आकर्षक व्यक्तित्व से प्रभावित हो जाते हैं, उसकी मोहक शक्ति ही ऐसी होती है।

कभी-कभी हमें ऐसे प्रबल आकर्षण शक्ति वाले लोग मिल जाते हैं जिनसे हमें प्रेरणा मिलती है। हम तत्काल ही उनके लिए अपने हृदय के द्वार खोल देते हैं और उनका स्वागत करते हैं। उनके समक्ष, बिना किसी झिझक के हम आत्मसमर्पण कर बैठते हैं। उनके सम्पर्क में आते ही हमें ऐसा लगता है मानो हम कुछ ऊपर उठ गए हों। उनके संसर्ग से हमारी शक्तियों का बंद स्रोत खुल पड़ता है। हमारा संसार, हमारी सीमाएं और हमारा दृष्टिकोण अधिक विशाल और विस्तृत हो जाते हैं। हमें एक नई शक्ति का अनुभव होता है। यही नहीं, हमें अचानक यह भी लगता है मानो किसीने मंत्र द्वारा बड़ा भारी बोझ हमारे कन्धों पर से उठा लिया हो।

हम ऐसे लोगों से पहली भेंट में ही घुल-मिल जाते हैं। हम अपने विचारों को उस विश्वास के साथ व्यक्त कर सकते हैं, जैसा हमने सोचा भी नहीं था। वे हमारे सर्वश्रेष्ठ गुणों को बाहर खींचते हैं-वे हमारा परिचय हमारे अपने ही श्रेष्ठतर व्यक्तित्व से कराते हैं। उनके समक्ष हमारे अन्दर ऐसी प्रेरणा उठती है जो पहले कभी नहीं उठी थी। तत्काल ही हमारे जीवन का स्तर उठ जाता है, जीवन का अर्थ अधिक सुन्दर, अधिक अलौकिक हो जाता है। अधिक काम करने का उत्साह हमारी रगों में मानो आग भर देता है। उच्चतर आदर्श हमारा कायाकल्प कर देते हैं। पूर्व-परिचित साधारण ज़िन्दगी, जिसमें न आकांक्षा थी न प्रयास, समाप्त हो जाती है।

नये उत्साह और नई आशाओं से हम उन शक्तियों को अपना बनाने का दृढ़ संकल्प कर लेते हैं, जो अब तक हमारे लिए अपरिचित थीं। इस प्रकार के प्रेरणात्मक व्यक्तित्व से क्षणिक भेंट का भी बहुत असर पड़ता है—हम अपने को कहीं अधिक शक्तिमान पाते हैं—दो विशाल डाइनुमों की तरह जो विद्युत्ता-रों की शक्ति को दुगुना कर देते हैं।

इसके विपरीत हमारा सम्पर्क ऐसे व्यक्तियों से भी होता है जो हमारे व्यक्तित्व को सिमटा देते हैं, उसे भयातुर और शक्तिहीन बना देते हैं। उनके पास आते ही ऐसा लगता है

मानो भयंकर सर्दी में बर्फीली हवा का झोंका हमें छू गया हो। संकीर्णता का प्रभाव ऐसा पड़ता है मानो हमारा सम्पूर्ण व्यक्तित्व ठिठुरकर, सिकुड़कर छोटा हो गया हो, मानो हमारी शक्ति खो गई हो। हमारा स्वाभाविक उत्साह भी उनके व्यक्तित्व के स्पर्श से ठंडा हो जाता है—उनके सामने हमारा किसी प्रकार का विकास नहीं होता। जिस तरह काले बादल सूर्य को ढक लेते हैं, ऐसे लोगों की छाया भी हमपर पड़कर हमें बेचैन बना देती है।

हमें लगता है कि ऐसे लोगों को हमारी स्वाभाविक इच्छाओं और आकांक्षाओं से कोई सहानुभूति नहीं होगी। उनके संसर्ग से भावुकता लुप्त हो जाती है, ज़िन्दगी का सारा रस और रंग थोड़ी देर के लिए सूख जाता है। ऐसे लोगों का प्रभाव हमें लुंजपुंज-सा बना देता है और हम उससे बचकर भागना चाहते हैं।

धन कमाना ही सबसे बड़ी बात नहीं है। बड़ी बात है अपनी शक्ति का विकास करना, अपनी प्रकृति के अप्रकट सौन्दर्य को पहचानना, उसे उभारना, और अपने को प्राकर्षक तथा दूसरों के लिए सहायक बनाना।

उदार, संवेदनशील और दूसरों का कल्याण चाहने-वाले व्यक्ति के आचार-व्यवहार में एक प्रकार का आकर्षण होता है। यह आकर्षण ऐसे स्नेहशील हृदय का फल है जो सदैव अपने

चारों ओर सुख और प्रसन्नता की रोशनीऔर सुगंध बिखेरना चाहता है, और हर समय दूसरों की सहायता के लिए तत्पर रहता है। इस धन की तुलना में सभी भौतिक पूंजी तुच्छ है।

निजी सफलता, चरित्र की जीत, यही तो सच्ची सफलता है। हमारी सच्ची पूंजी स्वयं चमकेगी, उसके बारे में ढिंढोरा पीटने की आवश्यकता नहीं होगी। अपनी योग्यता से लोगों को प्रभावित करना होगा, उसकी सूची बनाकर बांटने की आवश्यकता नहीं है। चरित्र और भद्रता रुपये-पैसे से उसी प्रकार ऊपर है, जैसे अंतरिक्ष धरती से। गरीब से गरीब व्यक्ति भी अपने अन्दर उस गरिमा, आत्मा की उस पवित्रता का विकास कर सकता है जिसकी तुलना में एक करोड़पति भी अपने-आपको छोटा और हीन अनुभव करेगा।

लोकप्रिय कैसे बनें ?

आपके व्यक्तित्व की सम्मोहन शक्ति आपको अधिक शक्ति तो प्रदान करेगी ही, आपकी भौतिक उन्नति में भी सहायक होगी। यदि आपमें यह गुण नहीं है तो उसका विकास करें। आपके मिलने-जुलने वालों में ऐसे कितने ही लोग हैं जिनके आकर्षक व्यक्तित्व को हम प्रकृति की देन मान बैठे हैं। पर, सच पूछिए तो उन्होंने निरन्तर साधना द्वारा ही अपने

अन्दर यह आकर्षक गुण, यह सम्मोहन शक्ति उत्पन्न की है। उन्होंने ध्यानपूर्वक यह देखा, सुना और समझा है कि दूसरों को प्रसन्न करने की कला क्या है, संपर्क में आने वाले प्रत्येक व्यक्ति के साथ प्रिय व्यवहार किस प्रकार किया जा सकता है। दूसरों को प्रसन्न करने का तात्पर्य हां में हां मिलाने या चाटुकारिता से नहीं है। मेरा मतलब आपके सम्पूर्ण व्यक्तित्व के उस प्रभाव से है जो दूसरों पर पड़ता है। और जिनमें यह गुण है उन्होंने अपनी स्नेहशीलता, संवेदनशीलता के विकास, उदारता, दूसरों की सहायता करने की तत्परता, भद्रता और सबके कल्याण की हार्दिक इच्छा के कारण ही अपने व्यक्तित्व में वह सम्मोहन शक्ति पैदा की है जो सूर्य की किरणों की तरह, फूलों की सुगन्ध और वसन्त की हवा की तरह सबको प्रफुल्लित करती है। यह उनकी नैसर्गिक समझी जाने वाली आकर्षण शक्ति का रहस्य है।

इस गुण के विकास के लिए न तो रुपये खर्च करने से डरना चाहिए और न समय और शक्ति की बचत की ही चिन्ता करनी चाहिए। यह आपकी निजी सम्पत्ति है, व्यक्तिगत पूंजी है जो आपका कल्याण करेगी।

आपके मार्ग में चाहे जितनी बाधाएं आएं, आपको कितनी ही मुश्किलें हों, आप शरीर से बाधित हों, इस व्यक्तिगत पूंजी के निर्माण में कोई रुकावट नहीं आ सकती।

सारी बाधाओं के बावजूद आपके चेहरे में वह दैवी आभा आ सकती है, स्नेह और करुणा की वह ज्योति जगाई जा सकती है जिससे सारे बन्द दरवाज़े आपके लिए खुल जाएंगे, आपकी उपस्थिति-मात्र से आपके चारों ओर आलोक फैल जाएगा, और हर जगह, हर समय, हर समाज में आपका स्वागत होगा। बर्फ से ठंडे दिल भी आपके लिए उष्ण हो उठेंगे, हठीले से हठीला स्वभाव भी लच जाएगा—आत्मिक सौन्दर्य से सभी अभिभूत हो जाते हैं

हम जहां भी जाएं, एक भव्य व्यक्तित्व का अलौकिक तेज फैलता जाए। अपने पीछे दूसरों के लिए प्रकाश का मार्गचिह्न बनाते जाना, दूसरों का प्रेम पाना, क्योंकि हम उनके रास्ते पर फूल बिखेरते चलते हैं—यह चांदी के ठंडे सिक्कों के ढेर से कहीं अधिक वांछनीय है।

हम अक्सर सोचते हैं, 'काश, हम भी इतने सहज भाव से मित्र बना सकते जैसे हमारा साथी 'क' बनता है ; काश, हम भी आकर्षक और लोकप्रिय बन सकते !' कितने ही एकाकी, उत्साहरहित लोग जो अपने-आपको अलगाव के सन्दूक में बन्द रखते हैं, अकारण ही अपने-आपको जीवन के आनन्द से वंचित रखते हैं। उनमें कभी न कभी यह आंतरिक इच्छा जाग उठती है कि 'काश, कोई मेरी सहायता कर दे जिससे मैं इतनी बड़ी दुनिया में अपने-आपको इतना अकेला और

खोया-खोया-सा न पाऊं ! मैं भी जी सकूं, जीवन में रस पा सकूं !' वे नहीं जानते कि बाहरी सहायता से उनका कोई लाभ न होगा। उनको स्वयं अपनी सहायता करनी है—अपने ही प्रयास से अपनी इच्छा की पूर्ति करनी है।

लोकप्रिय और आकर्षक बनने की आकांक्षा उसी प्रकार है जैसे चरित्र की महानता की आकांक्षा; क्योंकि अनेक चरित्र के सर्वश्रेष्ठ गुणों का, उसके सबसे सुन्दर पक्ष का विकास करने से ही आप लोकप्रिय बन सकते हैं।

लोकप्रिय बनने का अर्थ है ऐसे गुणों का विकास जो सबको प्रिय हों। अप्रिय, संकीर्ण और नीच व्यक्ति जो ईर्ष्यालु होते हैं, जो दूसरों की प्रशंसा नहीं सुन सकते, कभी लोकप्रिय नहीं हो सकते। ऐसे व्यक्ति से तो एक कुत्ता भी मित्रता नहीं करना चाहेगा। उनके अप्रिय गुण उन्हें हमेशा पीछे हटाएंगे।

प्रेम की भावना और शुभ कामना सबको आकर्षित करती है। अपने स्वार्थ और स्वहित से ऊपर उठकर दूसरों के हित की चिन्ता कीजिए और दूसरों की सहायता करने के लिए तैयार रहिए। ऐसे व्यक्ति को भला कौन न चाहेगा ! सदा अपने ही विषय में सोचना, अपने ही बारे में बातें करना, अपना ढिंढोरा पीटना या सबके आगे अपना दुखड़ा रोना ऐसी आदतें हैं जिनसे सब घबराते हैं।

उदारचित्त बनिए। दुनिया उदारहृदय लोगों को ही चाहती

है। विशाल हृदयवाला व्यक्ति लोकप्रिय होता है।

प्रिय लगने वाली बातें कहिए। दूसरों में अच्छी बातें देखिए, उनके गुण परखिए, उनकी कमज़ोरियों को ढूंढ़ने का प्रयत्न न कीजिए। ईश्वर ने मनुष्य में अच्छी प्रवृत्तियां ही बनाई हैं। ईश्वर द्वारा रचे हुए स्त्री-पुरुषों को देखने की दृष्टि उत्पन्न कीजिए, उनका वह विकृत रूप न देखिए जो परिस्थितियों के कारण बन गया है।

एक बात और है। यदि किसीने आपको कष्ट पहुंचाया हो तो उसे रात-दिन याद करने या घाव को पालते रहने से किसीका लाभ न होगा। क्षमा एक महान गुण है, जिसका फल केवल पाने वाले को ही नहीं मिलता, देने वाले को भी मिलता है। क्षमाशील हृदय निर्मल और शान्त होता है।

यदि आपको किसीके प्रति कोई शिकायत है और क्षमा करना आपकी प्रकृति में नहीं है, तो याद रखिए, कष्ट आपको ही अधिक होगा। जो लोग दूसरों के अपराधों को मन में बनाए रखते हैं उन में वह आकर्षण शक्ति कहां आएगी जो निर्मल, उदार हृदय की देन है। यदि आपकी आदत केवल बुराइयां ढूंढ़ने की है तो लोग आपसे दूर रहना ही पसन्द करेंगे।

यदि आप एक रहस्यपूर्ण व्यक्ति हैं और अपने वास्त विक स्वभाव को छिपाकर रखना चाहते हैं, यदि आप इसी प्रयत्न

में लगे रहते हैं कि लोग आपकी प्रकृति का वह पहलू न देखें जो आपकी राय में अप्रिय है तो आप अपने चारों ओर अच्छा वातावरण नहीं बना सकेंगे। इस प्रकार की लुका-छिपी आपके व्यक्तित्व के सारे आकर्षण को नष्ट कर देगी।

खुला दिल, सच्चा निर्मल स्वभाव—ये आकर्षण व्यक्तित्व के लिए अनिवार्य हैं। पाखंड और आडम्बर हमेशा नहीं चल सकता। शीघ्र ही लोग उससे कतराने लगते हैं। यदि आप जीवन के हर एक क्षेत्र में, हर सम्बन्ध में ईमानदार नहीं हैं, तो आपके लिए मित्र बनना सचमुच कठिन होगा।

प्रसन्न रहिए, चेहरे को मुस्कराहट से दीप्त रखिए। सहानुभूति और स्नेह की खोज हर मनुष्य को होती है। जिसके चेहरे पर सच्ची संवेदना और बन्धत्व की भावना की झलक होती है उसकी ओर सब खिंचे चले आते हैं, मानो कोई चुम्बक शक्ति उन्हें खींच लाती हो। इस चुम्बक शक्ति का चरम विकास तब होता है जब आपके संसर्गमात्र से दूसरों में प्रसन्नता के भावों का उदय होता है, और अनायास ही उनके सर्वोच्च व्यक्तित्व का आवरण उठ जाता है। दूसरे के हृदय की तह तक पहुंचना, उनके सर्वश्रेष्ठ गुणों को उभारना, उनमें उत्साह और स्फूर्ति का मंत्र फूंक देना, उनके जीवन को नया उद्देश्य देना और उन्हें जीवन के आनन्द से भर देना, ऐसी महान शक्ति है जिसके लिए देवताओं को भी स्पर्धा हो सकती है। क्या

यह शक्ति इस योग्य नहीं है कि जिसे पाने के लिए कठिन से कठिन साधना की जाए ? क्या इस शक्ति को पाने के लिए कोई भी प्रयास, कोई भी संघर्ष अधिक होगा जो आपको ही नहीं उठाएगी, बल्कि आपके सम्पर्क में आने वाले सभी लोगों को उन्नत करेगी ?

आत्मसम्मान का भाव जितना दृढ़ होगा, आपकी आकर्षण शक्ति भी उतनी ही प्रबल होगी। यदि आपको ही अपने प्रति सम्मान नहीं है तो आप दूसरों से आदर पाने की अपेक्षा कैसे कर सकते हैं ? और यदि आपके प्रति लोगों में आदर-भाव नहीं है, वे आपका सम्मान नहीं करते, तो आप उनपर अपना प्रभाव भी नहीं डाल सकते।

चरित्र के पश्चात् आपकी प्राकृति इस शक्ति के विकास में महत्त्व रखती है। हम लोग यह जानते हैं कि सुन्दर चित्र के सौन्दर्य को निखारने के लिए उसे खूबसूरत चौखटे में जड़ना चाहिए। यदि किसी सुन्दर तैलचित्र को सस्ते और भद्दे चौखटे में जड़ दिया जाए तो उसकी सारी शोभा नष्ट हो जाएगी। यही बात चरित्र पर भी लागू है। यदि उसका बाहरी रूप, यानी शरीर, आकर्षक न हुआ तो मात्र चरित्र का बल आपमें वह शक्ति नहीं भर सकता। अंग्रेज़ो के महान लेखक और शब्दकोश के संपादक डा० जॉनसन बहुत मेधावी थे, बहुत बड़े विद्वान थे। साथ ही बहुत हंसोड़ प्रकृति के थे। मिलनसार और

उदार भो थे। पर वे देखने में इतने भद्दे थे, और उनका व्यवहार इतना बेढंगा था कि लोग उनसे घबराते थे।

स्वास्थ्य और प्राकर्षण शक्ति

अधिकतर यह देखा है कि जो व्यक्ति स्वस्थ नहीं होता उसके अन्दर आकर्षण शक्ति भी नहीं होती। शरीर से कमज़ोर, स्फूर्तिहीन व्यक्ति अच्छा नहीं दीखता। कमज़ोरी में कोई आकर्षण नहीं होता। यह एक आम नियम है। इसके अपवाद भी हो सकते हैं, पर यह तो सभी मानेंगे कि शारीरिक शक्ति और अच्छे स्वास्थ्य से उत्पन्न कांति और स्फूर्ति का प्रभाव सब लोगों पर पड़ता है। जिसमें यह स्वस्थ कान्ति होती है वह अपने चारों ओर साहस, शक्ति का संचार करता है। जिसमें इसका अभाव होता है वह मानो दूसरों की स्फूर्ति का स्रोत भी सोख लेता है। शारीरिक शक्ति का यह भंडार और स्वास्थ्य का असीम आनन्द व्यक्तित्व को एक विचित्र आकर्षण शक्ति से भर देते हैं। स्वस्थ कान्तिमान व्यक्ति को देखने मात्र से ही सुख मिलता है। लगता है, मानो उसके पास शक्ति का अक्षय स्रोत है।

यदि आप चाहते हैं कि आप चुम्बक के समान सबको आकर्षित कर सकें तो पहले अपने स्वास्थ्य का पूरा ध्यान

रखिए। अच्छा स्वास्थ्य बनाना उतना ही महत्त्वपूर्ण है जितना अच्छे चरित्र का निर्माण करना। कहते ही हैं कि स्वस्थ तन में ही स्वस्थ मन रहता है। सबसे अधिक सुसंस्कृत और सुशिक्षित व्यक्ति को ही लीजिए। यदि उसका स्वास्थ्य गिरा-गिरा-सा है, चेहरा कान्तिहीन है, तो उसकी शारीरिक कमज़ोरी पर आपको अवश्य दुःख होगा और आप कह उठेंगे कि 'काश, इतनी कुशाग्र बुद्धिवाले व्यक्ति का शरीर भी उसके अनुरूप होता !' ऐसा व्यक्ति आकर्षित नहीं कर सकता।

मैं ऐसे अनेक सज्जनों को जानता हूं और आप भी जानते होंगे, जिन्होंने अपने चरित्र और बौद्धिक गुणों के विकास के साथ ही स्वास्थ्य की रक्षा भी की होती तो उनकी उपयोगिता कई गुनी अधिक होती है। स्वास्थ्य के बिना साधारण स्त्री-पुरुष तो जीवन में कुछ भी नहीं कर सकते।

जीवन में सफलता की इच्छा रखने वालों को चाहिए कि वे अपनी शारीरिक शक्ति को भी उसी प्रकार बढ़ाएं, जैसे दिमागी शक्ति को। रोगी या बाधित शक्ति वाले लोग कुछ भी हासिल नहीं कर सकते। यह सच है कि इतिहास हमें ऐसे अपंग और क्षीण शरीर वालों के बारे में बताता है जिनके कारनामों से पृष्ठ रंगे पड़े हैं। पर जैसा मैंने अभी कहा था, हर नियम के अपवाद होते हैं और निःसंदेह ये विलक्षण व्यक्ति भी अपवाद ही रहे होंगे। यह एक स्वतःसिद्ध मौलिक सत्य है कि बौद्धिक शक्ति,

या दूसरों को आकर्षित करने की शक्ति, शारीरिक कमज़ोरी से उत्पन्न नहीं होती।

मनुष्य के लिए सबसे महत्त्वपूर्ण काम है अपने विषय जानना। फिर भी वह अपनी अपेक्षा अपने चारों ओर विचरने वाले पशुओं के बारे में अधिक जानता है। अपने शरीर की रचना और उसकी प्रक्रिया के सम्बन्ध में हमारा ज्ञान जितना कोरा होता है उतना शायद किसी अन्य विषय में नहीं है। शायद हज़ार में एक व्यक्ति ऐसा होगा जो यह बता सके कि शरीर के विभिन्न अंग कहां पर स्थित हैं और उनकी क्रिया क्या है।

क्या यह हमारी सभ्यता और शिक्षा-पद्धति के लिए लज्जा का विषय नहीं है कि विश्वविद्यालय से निकले हुए ग्रेजुएट भी अपनी शरीर-रचना के सम्बन्ध में बिलकुल अनभिज्ञ होते हैं। उन्हें सारी दुनिया का हाल तो मालूम होता है पर यह नहीं जानते कि उनका शरीर कैसे चलताफिरता है, रक्त-सचार कैसे होता है, या फेफड़ों और आमाशय की क्या क्रिया है। जिसके ऊपर उनका सारा जीवन निर्भर करता है, उसके विषय में उनका ज्ञान शून्य के बराबर है। एक लेखक ने कहा है कि "एक ऐसा समय आएगा जब हमारी बर्बर सभ्यता के दृष्टान्त के तौर पर यह बताया जाएगा कि हम अपने बच्चों को व्याकरण के नियम तो बताते थे, तिब्बत की

नदियों के नाम तो रटाते थे, पर उन्हें उन अद्भुत प्राकृतिक नियमों के बारे में जिनपर हमारे जीवन का सुख निर्भर रहता है, नहीं बताते थे; न ही मानवता के गुण उन्हें सिखाते थे, जिससे वे अपने साथियों के साथ शान्ति और मैत्री के साथ रह सकते।"

सफलता, लोकप्रियता और सुख की प्राप्ति में स्वास्थ्य आपका सबसे शक्तिमान सहायक होगा। अज्ञान के कारण उसके नियमों का उल्लंघन करना क्या मूर्खता की पराकाष्ठा नहीं है ?

सुनहरा नियम

आकर्षक शक्ति के विकास का अर्थ है, अपने सर्वोच्च गुणों को व्यक्त करना। लोकप्रिय, आकर्षक स्त्री या पुरुष का हृदय कृपालु होता है, उसकी आत्मा उदार होती है और उसमें परोपकारिता और बन्धुत्व की भावना होती है। इसके अतिरिक्त सहज हो उसमें सबका विश्वास जोत लेने का गुण भी होना चाहिए। लोग जिसका विश्वास नहीं कर सकते उसे अपना स्नेह भी नहीं दे सकते। उसे ईर्ष्या, स्पर्धा और संकीर्ण विचारों से मुक्त होना चाहिए, ताकि वह दूसरों में बुराई के स्थान पर केवल अच्छाई ही देखे। उसे झिझक, संकोच और अलग रहने की

प्रवत्ति पर विजय पानी होगी, क्योंकि ये ऐसी आदतें हैं जो लोगों को दूर रहने पर विवश करती हैं।

सबसे अधिक अनाकर्षक प्रवृत्ति स्वार्थ है, जिससे सभी लोग चिढ़ते हैं। इस प्रवृत्ति को दबाना या जीतना कठिन है, क्योंकि यह स्वाभाविक ही है कि सबसे पहले हम अपने ही विषय में सोचें और अपने लाभ को सबसे ऊंचा रखें। फिर भी स्वार्थ में ही रत स्त्री या पुरुष की ओर कोई भी आकर्षित नहीं होता। ऐसे व्यक्ति को भला कौन चाहेगा जो पाना तो सब कुछ चाहता है पर देना कुछ नहीं ! जो केवल अपनी ही चिन्ता करता है, अपने ही विषय में बात करता है—दूसरों में जिसे कोई दिलचस्पी नहीं है।

जब आप औरों में, उनकी समस्याओं में दिलचस्पी लेंगे, उनकी सहायता और उनके हित के लिए उत्सुक दीखेंगे, यह प्रकट करेंगे कि आप उनकी सफलता के लिए भी उतने ही उत्सुक हैं जितना अपनी सफलता के लिए, तो यह देखकर आपको आश्चर्य होगा कि कितनी जल्दी आपमें वह आकर्षण शक्ति उत्पन्न हो जाती है जिसे आप दूसरों में देखकर ईर्ष्या का अनुभव करते थे। आप जानते हैं कि दूसरों पर परोपकार, सहायता और सहानुभूति की भावना, उनका निःस्वार्थ बन्धुत्व का भाव आपको सदा उनकी ओर खींचता रहा है, तो आप यदि उसी प्रकार दूसरों में दिलचस्पी लेंगे, उनकी सहायता

के लिए तत्पर रहेंगे तो आंपमें भी वही चुम्बक की सी शक्ति पैदा हो जाएगी जिसे आप दूसरों में देखकर ईर्ष्या का अनुभव करते हैं।

आप उस लोहे के टुकड़े के समान हैं जो अभी चुम्बक नहीं बना है। उसे चुम्बक से रगड़कर देखिए। उस लोहे के टुकड़े में इतनी चुम्बक शक्ति आ जाएगी कि वह लोहे के नन्हे-नन्हे टुकड़ों को अपनी ओर खोंच सकेगा। चुम्बक के सम्पर्क से उसमें वह शक्ति आ जाती है। इसी प्रकार यदि आकर्षक व्यक्तित्व वाले लोगों के संसर्ग में रहें, उनकी आदतों को, उनके गुणों को परखें और उनका अनुसरण करने की चेष्टा करें तो आपमें भी, कुछ अंश तक वह शक्ति आ जाएगी।

बच्चों को घरों और स्कूलों में यह सिखाना चाहिए कि चांदी-सोना ही सच्चा धन नहीं होता। उन्हें यह बताना चाहिए कि सच्ची सम्पत्ति तो अपने व्यक्तित्व में होती है, और चरित्र का अंश होती है। हरएक बच्चे को आरम्भ से ही वे गुण बताए जा सकते हैं जो आगे चलकर उसके व्यक्तित्व को आकर्षक बनाने में सहायक होंगे। और इस प्रकार वे स्वार्थरहित, उच्च विचारों और आदर्शों वाले बन सकेंगे। बच्चों की प्रकृति गीली मिट्टी के समान होती है, उसे कोई भी रूप दिया जा सकता है। उस कच्ची अवस्था से ही उन्हें यह विद्या सिखाई जानी चाहिए। बचपन में धारणाएं जल्दी

बनती हैं, और वही अवस्था ऐसी है जब इन गुणों के बीज बोए जा सकते हैं। आगे चलकर, जब बीज प्रस्फुटित होंगे, उन बच्चों का विकास महान आकर्षक शक्ति से युक्त, उदारहृदय स्त्री-पुरुषों के रूप में होगा। यह खेद की बात है कि शिक्षा-पद्धति में इन बातों के लिए कोई स्थान नहीं है। हम कठोर, स्नेहशून्य हृदय लेकर बड़े होते हैं, हमारा व्यवहार भी रूखा और शुष्क हो जाता है।

यदि आप अपने अन्दर छिपी हुई आकर्षण शक्ति का विकास करने की चेष्टा करें तो आपके सामने सम्भावित सौभाग्य, सुख और संतोष का अक्षय भण्डार खुल जाएगा जो आपके लिए सारे संसार को अधिक सुन्दर बना देगा।

'वह व्यक्ति परम सौभाग्यशाली है जिसका व्यक्तित्व दूसरों पर वही प्रभाव डालता है जो वसन्त की हवा और सूरज फूलों पर डालते हैं। अपने हाथों से आप चांदी और सोना बांट सकते हैं पर आपका हृदय वह दे सकता है जिसका मूल्य सोने और चांदी से नहीं चुकाया जा सकता। जिस प्रकार नक्षत्र भ्रान्त समुद्री यात्रियों का मार्गदर्शन करते हैं, उसी प्रकार भलाई, प्रसन्नता, सहानुभूति और आशा से परिपूर्ण हृदय जीवन यात्रा में सहायक होता है।' यह है आकर्षण शक्ति का सही अर्थ।

इस छोटी-सी पुस्तक को पढ़ने वाले इस अलौकिक गुण,

इस शक्ति का विकास कर सकते हैं—दूसरों के लिए मार्गदर्शक नक्षत्र के समान।

यह कैसे किया जा सकता है ? अभी बताए हुए सुनहरे नियम के पालन द्वारा। यह नियम ईश्वरीय नियम है जिसने पतितों का उद्धार किया है, शत्रु को मित्र बनाया है और कठोर हृदय में स्नेह की धारा बहा दी है। इस सुनहरे नियम का पालन आपके व्यक्तित्व में चुम्बक की सी आकर्षण शक्ति भर देगा।

9. बातचीत की कला

जिन्हें अच्छा वार्तालाप करना नहीं आता, वे ही सबसे अधिक बोलते हैं।

—**प्लेटो**

आओ, हम खामोश रहें, ताकि देवताओं की कानाफूसी सुन सकें।

—**एमर्सन**

व्यक्तित्व को आकर्षक बनाने में जहां शारीरिक सौन्दर्य, स्वास्थ्य और पहनावे का महत्त्व है, वहां इस बात का भी कम महत्त्व नहीं कि आप लोगों से मिलने पर उनके साथ कैसे व्यवहार करते हैं—आप सामान्य शिष्टाचार और बातचीत की कला में कहां तक दक्ष हैं! यदि आपका बाह्य व्यक्तित्व पर्याप्त आकर्षक है—आपके शरीर की संरचना सुन्दर है, स्वास्थ्य अच्छा है और वेशभूषा भी प्रभावपूर्ण है; लेकिन यह सब होते हुए भी यदि आप बातचीत की कला में निपुण नहीं हैं तो मापके व्यक्तित्व को प्रभावशाली व्यक्तित्व नहीं कहा जा सकता। ऐसी स्थिति में आपके व्यक्तित्व का प्रभाव तभी तक बना रह सकता है, जब तक कि आप बोलें नहीं। जैसे ही आप बोलना शुरू करेंगे, आपकी वास्तविकता सामने आ जाएगी और बाहरी व्यक्तित्व का जो प्रभाव शुरू में पड़ा होगा, वह भी धुल जाएगा।

पुरानी कहावत है कि कौवे के बच्चे की पहचान तब होती

है, जब वह बोलना शुरू करता है। ऊपरी नज़र से देखने पर कौवे और कोयल के बच्चों में कोई अन्तर नहीं होता। लेकिन जब वे बोलना शुरू करते हैं तो अपने-आप पता चल जाता है कि उनमें कौन कौवा है और कौन कोयल। उन दोनों की बोली में इतना अन्तर होता है कि कौवे की बोली सुनते ही लोग उसे ढेले मारकर भगा देते हैं और कोयल की मीठी बोली सुनने को तरसते रहते हैं। अपने बारे में आपको स्वयं ही निर्णय करना होगा कि आप कौवे की तरह अलोकप्रिय बनना चाहते हैं या कोयल की तरह लोकप्रिय।

कब, कितना और कैसे बोलें ?

यह ठीक है कि हर प्राणी की आवाज़ प्रकृति-प्रदत्त होती है। किसीकी आवाज़ मोटी है अथवा पतली, मधुर है अथवा खरखराहट-भरी, इसपर उसका वश नहीं होता। हर कोई चाहकर भी अपनी आवाज़ को किसी प्रसिद्ध गायक अथवा गायिका जैसी मधुर नहीं बना सकता। लेकिन लोगों से मिलने और उनसे बातचीत करने के मामले में आवाज़ का मधुर होना या न होना इतना महत्त्वपूर्ण नहीं है, जितना यह कि वह व्यक्ति कब, कितना और किस तरह बोलता है। अगर कोई मधुर आवाज़ वाला व्यक्ति भी समय और मौके को देखे बिना अनाप-शनाप बोलता चला

जाएगा, तो वह लोगों को प्रभावित करने के बजाय कुप्रभावित ही करेगा। इसके विपरीत यदि किसीकी आवाज़ भारी और रूखी है, लेकिन वह बातचीत के तौरतरीके जानता है और समय तथा मौके को देखकर ही बोलता है, तो उसके व्यक्तित्व का अच्छा प्रभाव पड़ेगा।

सबसे बड़ी चुप

साधारणतः यह समझा जाता है कि जो व्यक्ति अधिक बोलते हैं और जिनके सामने दूसरों को चुप रह जाना पड़ता है, वे बातचीत की कला में निपुण होते हैं। लेकिन यह धारणा सत्य के एकदम विपरीत है। अधिक बोलने वाले व्यक्ति बातचीत की कला के मूल सिद्धांत से ही परिचित नहीं होते और इसीलिए हज़ारों शब्द खर्च करके भी वह काम नहीं करा पाते, जो कि कुल दस-बीस शब्दों के प्रयोग से हो सकता था। कन्फ्यूशियस ने कहा है : "शब्दों का कंजूस सबसे बड़ा धनवान होता है।" बातचीत करते समय आप जितने कम शब्दों का उपयोग करेंगे, उनका उतना ही अधिक प्रभाव होगा। इसके विपरीत आप जितने अधिक शब्दों का प्रयोग करेंगे, उतने ही अधिक बातूनी समझ लिए जाएंगे। हर समझदार आदमी जानता है कि बातूनी आदमी कार्यकुशल नहीं होता। अधिक बोलने का साफ मतलब

यह होगा कि आपको बातूनी अर्थात् अकार्य कुशल मान लिया जाएगा और आप जिस काम को करने के लिए किसीके पास गए हैं, उसमें सफलता मिलना संदिग्ध हो जाएगा।

अधिक बोलने का एक कुप्रभाव यह भी पड़ेगा कि आपकी बातों को सुनने वाला व्यक्ति यह सोचने के लिए मजबूर हो जाएगा कि आप उस समस्या को गंभीरतापूर्वक नहीं ले रहे हैं। मांटेग्यू नें कहा है : "जो आदमी जितना कम सोचते हैं, उतना ही अधिक बोलते हैं।" अधिक बोलकर आप दूसरों पर यह कुप्रभाव डालते हैं कि आपने उस विषय पर सोच-विचार नहीं किया है। ऐसी स्थिति में सफलता की आशा कैसे की जा सकती है ?

दूसरों की सुनिए

बातचीत की कला का पहला पाठ यह है कि आप 'अच्छा वक्ता बनने की बजाय अच्छा श्रोता बनें।' आप किसीसे मिलें तो अभिवादन की औपचारिकता के पश्चात् आप दूसरे व्यक्ति को मौका दें कि वह प्रस्तुत विषय पर अपने विचार प्रकट कर सके। इससे उस व्यक्ति को यह एहसास होगा कि सामने बैठा व्यक्ति मेरे ऊपर अपने विचार लादना नहीं चाहता, बल्कि मेरे विचारों को समझना चाहता है। यह अहसास व्यक्ति को सबसे अधिक

प्रसन्नता देता है कि कोई उसके विचारों को और भावनाओं को समझना चाहता है।

वह व्यक्ति जब अपनी बात कह रहा हो तो हो सकता है आपको उसकी बात पसंद न आए। ऐसी स्थिति में आप उसी समय उसकी बात को काटकर अपनी असहमति प्रकट न करें। कुछ देर उसकी बात पर विचार करें और जब वह पूरी बात कह चुके तो पहले उन बातों की चर्चा करें, जिनसे आप सहमत हों और बाद में तर्क सहित अपनी असहमति इस तरह प्रकट करें कि आप उस विषय पर पुनर्विचार की आवश्यकता अनुभव करते हैं, इस तरह नहीं कि आप अपनी राय उसके ऊपर थोपना चाहते हैं।

हां, जब वह अपनी बात कह रहा हो तो उसकी जिन बातों से आप सहमत हों, उनके बारे में अपनी सहमति साथ ही साथ प्रकट कर सकते हैं। यदि उस सम्बन्ध में कोई अच्छा सझाव आपके मस्तिष्क में आए तो उसे भी आप साथ ही कह सकते हैं। इससे दूसरे व्यक्ति को यह अनुभव होगा कि आप उसकी बातों में पूरी दिलचस्पी ले रहे हैं और साथ ही यह भी कि वह आपसे बातचीत कर रहा है, भाषण नहीं दे रहा।

इस सम्बन्ध में मुझे एक बीमा कम्पनी के एजेण्ट की बात याद आती है। वह मेरे एक मित्र का पत्र लेकर मेरे पास आया था। पत्र में उसके आने के कारण का उल्लेख नहीं था, केवल यह

लिखा था कि वह मुझसे मिलना चाहता है।

मैंने उससे आने का कारण पूछा तो उसने कहा, "वैसे तो मैं बीमा कम्पनी का एजेंट हूं; लेकिन आप घबराएं नहीं, मैं आपका बीमा करने नहीं आया। इस समय तो मैं केवल आपसे परिचय करने के उद्देश्य से आया हूं।"

मुझे उसकी बात अटपटी लगी। हालांकि मैं बीमे का विरोधी नहीं हूं, लेकिन मैंने पालिसी पहले ही ली हुई थी और दूसरी पालिसी लेने का मेरा विचार नहीं था, इसलिए मैंने साफ-साफ अपनी बात उसके सामने रख दी।

उसने बहुत ध्यानपूर्वक मेरी बात सुनी और बोला, "मैं आपसे बिल्कुल सहमत हूं। आपको अभी दूसरी पालिसी नहीं लेनी चाहिए।" फिर उसने देर तक कई उदाहरण देकर मुझे समझाया कि जो अपने बजट से अधिक का बीमा करा लेते हैं, वे अन्त में नुकसान उठाते हैं । मुझे उसकी बातें सुनकर आश्चर्य होता रहा। वे तमाम बातें आश्चर्यजनक तो थी ही, मनोरंजक भी बहुत थीं।

कुछ दिन बाद वह फिर मिला और धीरे-धीरे मेरा मित्र बन गया। उसने कभी मुझसे बीमा कराने के लिए नहीं कहा, फिर भी मेरे बीस से अधिक मित्रों के बीमे उसके द्वारा हुए और अन्त में तीन साल बाद स्वयं मैंने भी एक पालिसी उसके द्वारा ले ली।

अब आपको यह जानकर आश्चर्य नहीं होना चाहिए कि मेरा वह मित्र अपने समय का सबसे अधिक सफल बीमा एजेंट रहा है और उसने अकेले दो लाख से अधिक लोगों के बीमे किए हैं।

एक दिन मैंने उससे पूछा, "तुम्हारी इस सफलता का सबसे बड़ा कारण क्या है ?"

उसने तुरन्त उतर दिया, "लोगों को अपनी बात सुनाने की बजाय, उनकी बात सुनने की कला जानता हूं।"

मेरे मित्र के इस एक वाक्य में जीवन को सफल बनाने का एक महत्त्वपूर्ण सूत्र है।

सबसे महत्त्वपूर्ण व्यक्ति

बातचीत को प्रभावपूर्ण बनाने का एक उपाय यह भी है कि आप जिस समय किसी व्यक्ति से बात कर रहे हों, तो उस समय आपके लिए संसार का सबसे महत्त्वपूर्ण व्यक्ति वही हो। हर मनुष्य अपने को महत्त्वपूर्ण बनाना चाहता है । वह चाहता है कि लोग उसे महत्त्वपूर्ण व्यक्ति समझे। संसार का जितना भी कार्य-व्यापार चल रहा है, उसका 90 प्रतिशत केवल इसलिए चल रहा है कि लोगों में महत्त्वपूर्ण बनने की प्रकृति-प्रदत्त भावना है। यह भावना बुरी नहीं है, क्योंकि यह व्यक्ति को अधिक सूझ-बूझ से

काम करने और प्रगति करने के लिए प्रेरित करती है। यदि यह भावना मनुष्य में न रही होती और केवल जैसा-तैसा खाकर पेट भरने की समस्या उसके सामने होती तो वह जीवन में बिल्कुल भी प्रगति न करता और पशुओं की तरह जंगल के फल-फूल खाकर अथवा शिकार करके पेट भर लेता। अपने को महत्त्वपूर्ण समझने और समझे जाने की भावना ही उसे बहुत-से कार्य करने के लिए प्रेरित करती है।

किसी व्यक्ति से बातचीत करते समय यदि आप उसे यह एहसास करा दें कि आपकी नज़र में वह बहुत महत्त्वपूर्ण व्यक्ति है तो स्वाभाविक रूप से वह समझेगा कि आपको आदमी की पहचान है। और यह एहसास उसे हो जाए तो आप समझ सकते हैं कि आपका काम 50 प्रतिशत हो गया।

किसी व्यक्ति को यह एहसास कराने के लिए कि आप उसे महत्त्वपूर्ण समझते हैं, आपको झूठी प्रशंसा अथवा खुशामद करने की ज़रूरत नहीं है। यदि आप ऐसा करेंगे तो वह व्यक्ति समझेगा। कि आप उसे बेवकूफ़ बना रहे हैं। यह सोचकर वह मन ही मन आपसे नाराज हो जाएगा और आप उसे प्रभावित करके जो काम उससे कराना चाहते हैं, वह भी नहीं हो सकेगा।

यहां सवाल उठता है कि फिर आप उस व्यक्ति को यह एहसास किस तरह करा सकते हैं कि आप उसे महत्त्वपूर्ण समझते हैं ? इसका सीधा उत्तर है कि हर व्यक्ति में गुण और

दोष दोनों होते हैं। संसार में एक भी व्यक्ति ऐसा नहीं है, जिसमें कि कोई गुण न हो और जिसके कारण उसकी प्रशंसा न की जा सके। आपका काम उसके गुणों को खोजकर उन सही गुणों के प्रति प्रशंसा-भाव प्रकट करना है। आप किसीके छोटे से छोटे गुण की भी प्रशंसा करेंगे तो वह प्रसन्न होगा और अपने उस गुण को और अधिक बढ़ाने की कोशिश करेगा। इस तरह आप बिना झूठी प्रशंसा अथवा खुशामद किए दूसरे व्यक्ति को प्रभावित कर सकते हैं और उसके गुणविशेष में वृद्धि करने में सहायक हो सकते हैं।

आलोचना का ज़हर

आपसी बातचीत में जो बात सबसे अधिक हानि पहुंचाने वाली सिद्ध होती है, वह है कटु आलोचना। आप यदि दूसरे व्यक्ति की बात से असहमत हैं, तो यह आपका अधिकार है कि आप अपनी असहमति प्रकट कर सकें। लेकिन आवश्यकता इस बात की है कि आप अपनी असह-मति को इस ढंग से प्रकट करें कि वह दूसरे को अखरे नहीं। यदि असहमति प्रकट करते समय आप उसकी कटु आलोचना करने लगेंगे तो वह आपसे प्रभावित होने के बजाय नाराज़ हो जाएगा और आपके आपसी सम्बन्धों में जहर घुल जाएगा। सम्बन्धों को

मधुर बनाए रखने के लिए आलोचना के ज़हर से बचना बहुत आवश्यक है।

इस प्रकार हम देखते हैं कि व्यक्तित्व को प्रभावशाली, बनाने के लिए बातचीत की कला में निपुण होना बहुत आवश्यक है और इस कला में निपुण होने के लिए दूसरे की बात सुनने का धैर्य रखना, उसके गुणों की आवश्यक प्रशंसा करना और कटु आलोचना से बचे रहना अनिवार्य है।

●●●